Sonya
ソーニャ文庫

デスゲームの黒幕を愛の力でなんとかする方法

クレイン

イースト・プレス

contents

プロローグ　婚約者はサイコパス

「やあ、マリオン」

校門の前で爽《さわ》やかにこちらに手を振ってくる男を見て、マリオンは思わず回れ右をしそうになる衝動を必死に堪《こら》えた。

周囲にいる女生徒が彼の姿を見て、きゃあ、と黄色い悲鳴を上げる。

まあ確かに顔はいい。いや、いいなんてものではない。

マリオンがこの世で一番美しいと思う顔は、間違いなくこの男の顔である。

柔らかに波打つ、まるで黄金を溶かし込んだような艶《つや》やかな髪。底の見えぬ深い湖のような青い目。日に当たったことがないのかと思うくらいに、抜けるように白い肌。

そして完璧に左右対称な、作り物めいて見えるほどに整いすぎた顔立ち。

それなのに中性的に感じないのは、マリオンよりも頭二つ高い背に、ほどよく筋肉のついた男性らしい肉体があるからだろう。

「やっぱり元会長、素敵よね……！」

うっとりとした誰かの声に、マリオンはため息を吐きそうになるのを必死に堪える。

この男を目の前にして、実際に回れ右しようとしているところや、ため息を吐いている姿なんかを見られたら、後々面倒なことになるからだ。

「……セルジュ様」

引き攣《つ》りそうになる表情をこれまた必死に堪えて、マリオンは顔を辛うじて微笑《ほほえ》みの形にする。

この目の前の男、セルジュ・デュフォールは若くして公爵位にあり、二年前までここ王立魔術学院の生徒会長をしており、そして今現在、マリオンの婚約者であった。

決してぞんざいに扱っていい存在ではない。

正直なところ本当は、できるだけ関わらずに生きていきたかったのだが、婚約者ともなればそうもいかない。マリオンに逃げ場はなかった。

「ふふっ！　君を迎えにきたんだ」

そう言って柔和《にゅうわ》に笑うその顔は、一見品行方正な好青年に見える。

だが騙《だま》されてはいけない。この男は真性の精神病質者《サイコパス》なのだ。

そのことを知っているのは、おそらくこの世界でもマリオンだけだろう。

それほど彼の外面《そとづら》は完璧で、その圧倒的な魅力《カリスマ》に、誰もが彼を崇《あが》め奉《たてまつ》っている。

マリオンだって少し前までは、顔も性格も家柄も全てがいい男なんて、本当にこの世に存在するんだなあ、神様って不公平だなあ、なんて呑気《のんき》なことを思っていたものだ。

そんなマリオンがなぜセルジュの本性を知っているかといえば、実はマリオンが今、二回目の人生を生きているからである。

一回目の人生において、セルジュは王立魔術学院の特権《エリート》クラスの生徒たちを学校に閉じ込め、殺し合わせるという殺人遊戯《デスゲーム》を催《もよお》した。

生き残るのはたった一人だけというその絶望的な遊戯の中で、マリオンはうっかりその最後の一人になってしまい、さらになんやかんやとあった上で、今、二回目の人生を歩む羽目になってしまったのである。

（……あの惨劇を繰り返さないためにも）

マリオンはセルジュがまたあの凶行に至らぬよう、彼を監視し更生させるべく導かなければならないのだが。

「さあ、行こうか」

手を差し伸べられれば、婚約者としては応じるしかない。

マリオンは彼の手のひらに、自分の手のひらをそっと重ねた。

するとマリオンの手をぎゅっと握りしめ、セルジュの顔が甘く蕩《とろ》ける。

その顔を見た瞬間、マリオンの背筋は凍りつく。

なんせ彼がこの甘い笑顔で躊躇《ちゅうちょ》なく人の首を落とした様を、この目で見たことがあるからだ。

（怖い怖い怖い怖い怖い……！）

嫌なことを思い出してしまったと、マリオンは震え上がった。

虫も殺せないような優しげな顔をして、彼は呼吸をするように何気なく人を殺すのだ。

本当の悪魔とはまるで天使のような顔をしているのだと、マリオンは一回目の人生で思い知った。

セルジュと共に過ごす時間はいつも、どこか薄氷の上に立っているような気分になる。

こんな状態で、この男を更生させることなどできるのだろうか。

（正直私の手には負えない気がするわ……）

挫《くじ》けそうになる心を必死に叱咤《しった》しつつ、セルジュのエスコートを受けて、マリオンは彼が当主を務めるデュフォール公爵家の紋章を掲げた馬車に乗り込む。

さすがは天下の筆頭公爵家である。日常使いの馬車ですら細部にまで贅《ぜい》が凝《こ》らされており、どこもかしこも美しい。

そう、本来なら平凡な子爵家の娘にすぎないマリオンが、嫁《とつ》げるような先ではない。

だがセルジュたっての願いにより、この婚約は成ってしまった。

公爵位にある彼が望めば、この国で叶わない願いなど、ほぼないのである。

「きゃっ……！」

馬車に乗り込むと、当然のようにマリオンはセルジュの膝《ひざ》に乗せられた。

それはいい。いやよくはないが、まだいい。それくらいならば我慢できる。

だがその後すぐに彼の手が、マリオンの着ている制服の中へと不埒《ふらち》に忍び込んできた。

「セ、セルジュ様……！　ひっ！」

セルジュが首筋にカプリと甘嚙《あまが》みをしてきて、マリオンは思わず小さく体を跳ねさせる。

その間にもセルジュの手は、制服の裾を捲《まく》り上げながらマリオンの太腿《ふともも》を撫《な》で上げていく。

「本当は結婚前に、こんなことをしてはいけないんですよ……」

駄目で元々と思いつつ、マリオンが弱々しい声で抗議をすれば、セルジュは喉で笑った。

「どうして？　もういまさら君に喪《うしな》うものなんてないだろう？」

「…………」

そう、婚約が決まってその日のうちに、マリオンはセルジュに純潔を散らされていた。

なんでもマリオンが逃げられないように、だそうである。

貴族の結婚において、初婚であるならば花嫁の純潔は必須だ。

それを散らされてしまえば、マリオンはもうセルジュ以外のまともな男に嫁ぐことができなくなる。それこそが彼の狙いだったのだろう。

彼がなぜ自分にこんなにも執着してくるのか、その理由がわからないが。

一度関係を持ってしまったら最後、セルジュは遠慮なくマリオンに手を出してくるようになった。

もう失う純潔はないのだし、別に減るものでもないだろう？　という理論である。

だがマリオンの尊厳的なものが減る。確実に減る。

そんなことを言ったところで、この男が思いとどまることなどないのだが。

その上セルジュは己の本性にマリオンが気付いていることを察しているようで、彼女の前ではあまり自分を隠さなくなってしまった。

そこは隠したままでいてほしかった。切に。

「それに本当は君をすぐにでも孕《はら》ませてしまいたいのに、ちゃんと避妊をしてあげているだけ、僕は優しいと思うよ」

「…………」

つうっと下腹部を撫で上げながらのセルジュの言葉に、この精神病質者《サイコパス》が……！　と叫びそうになるのをマリオンは必死に堪えた。

妊娠してしまえば、このまま学院に通い続けることが難しくなる。

魔術をこよなく愛しているマリオンにとって、それは最も避けたい事態だった。

それをわかった上で、この男はマリオンを脅《おど》しているのだ。

自分の言うことを聞かないのなら、孕ませて監禁してやるぞ、と。

マリオンとてそれなりに優秀な魔術師であるが、セルジュには到底敵わない。

それどころかこの国でセルジュをどうにかできる人間など、ただの一人もいないだろう。

人並みから外れすぎた膨大な魔力量。そして狂気じみた細やかな魔力制御。

間違いなく彼はこの国一番の、下手をすれば世界で一番の魔術師である。

嗚呼《ああ》、神はなぜこのひとでなしに、こんな規格外の力を与えたもうたのか。

「んっ、ああ……！」

セルジュに突然胸の頂きを強く摘《つま》まれ、マリオンは我に返る。

「僕といるのに、なんで他のことを考えているのかなあ？　マリオン」

思考の海に沈み、現実逃避をしていることに気付かれてしまったようだ。

お仕置きとばかりにセルジュの手がマリオンの下着の中に潜り込み、彼の整えられた美しい指先が秘された割れ目へと伸ばされる。

「んんん……！」

くちゅりと粘《ねば》り気のある水音がして、羞恥《しゅうち》でマリオンの顔が赤く染まる。

「おや、嫌だったのではないのかい？　ずいぶんと濡れているけれど」

セルジュがてらりと濡れた指先を、わざわざマリオンの目の前に持ってきて見せつけてくる。

マリオンは羞恥で身を小さく縮こまらせる。

「………ごめんなさい」

一応は詫《わ》びるが、明らかにマリオンは悪くない。悪いのはこの男の無駄に器用な指である。

そんな彼女の心を見透かしたのか、セルジュは嗜虐的《しぎゃくてき》な笑みを浮かべた。

その笑みに、恐怖とわずかばかりの期待でマリオンの背筋がぞくりと震えた。

婚約が成立した日、マリオンはセルジュに寝台に押し倒され、そのまま一晩をかけて色々と新たな扉を開かされてしまった。

端的にいえば、彼に翻弄《ほんろう》され、女の悦《よろこ》び的なものを体に叩き込まれてしまったのだ。

浅ましくも快感に呑まれ、途中幾度も意識を失うほどに。

そして一度その快楽を覚えさせられてしまえば、マリオンの意思とは関わりなく、体は与えられた刺激に反応してしまうようになった。

「ふふっ。マリオンはいやらしい子だね」

耳元でそう意地悪に囁《ささや》かれ、マリオンの下腹部が内側へときゅうっと締め付けるように疼《うず》いた。

（しっかりして、私の体……！）

すっかり彼に従順になってしまった、己の体が恨《うら》めしい。

セルジュはマリオンの体を持ち上げると反転させ、向かい合う体勢で膝に跨《また》がらせる。

そして座席の上に膝立ちさせ、マリオンのドロワースを引き摺り下ろすと、剥き出しになってしまった脚の付け根へと手を伸ばした。

セルジュの指先が、そこにある蜜を湛えたその割れ目に沈み込み、ぬるぬると中を探る。

「ひっ……！」

やがて最も敏感に快感を拾う、小さな神経の塊《かたまり》が指先に捕らえられる。

わかりやすい快感に、思わずセルジュの膝にあるマリオンの尻がわずかに浮く。

するとセルジュが、またしても悪魔のような嗜虐的な笑みを浮かべた。

「や、ああ、あああ……！」

そしてマリオンは執拗《しつよう》にその場所を弄《もてあそ》ばれた。

柔らかかったその突起は、セルジュから与えられる刺激によって芯を持ち、さらに耐え難い快感をマリオンに送ってくる。

無意識のうちに太腿に力が入り、腰が小刻みにカクカクと震える。

「セルジュ様……、もう、だめ……！」

限界が来たら申告するように、マリオンはセルジュから躾《しつ》けられていた。

「マリオンは相変わらず堪え性がないね。仕方ないなあ。ほら、達してもいいよ」

陰核を指の腹で強めに押し潰されながら、耳元で許可を与えられた瞬間。

マリオンは深く絶頂した。

「んんんっ……！」

ここは馬車の中だ。セルジュと二人きりとはいえ、外には御者がいる。

マリオンはセルジュの肩口に顔を埋《うず》めて、必死に声を堪える。

「んーっ！」

絶頂の中、濡《ぬ》れ濡《そぼ》ったマリオンの蜜口にセルジュの指が差し込まれる。

引き絞られるように激しく脈動を繰り返す、中の感触を楽しんでいるようだ。卑猥《ひわい》な水音を立てながら中を探られるせいで絶頂が長引き、マリオンは体をくねらせながら、その強すぎる快感から逃れようとした。

だがそれに気付いたセルジュに、抱きしめるように体を押さえつけられてしまう。

マリオンは体をびくつかせながら、セルジュから与えられる快感に耐える。過ぎた快感は、ただ苦しい。

いよいよマリオンが快感に翻弄され自分の体を支えきれなくなったところで、ようやくセルジュがスラックスの前を寛《くつろ》げ、己の大きく反り立ったものを取り出した。

初めてのときは凶器のように感じたそれを、今では焦《こ》がれるほどに欲している。そのことが信じられない。

セルジュはマリオンの下腹部に触れ、避妊魔術をかける。

それだけでもありがたいな、などと思ってしまったところで、己が彼に毒されかけていることに気付きマリオンは内心頭を抱える。なんてことだ。

それから昂《たか》ぶる切先をマリオンの蜜口に当てると、セルジュは容赦《ようしゃ》なく彼女をその上に下ろした。

「あ——っ！」

自重でずぶりと奥深くまで一気に穿《うが》たれたマリオンは、またしても絶頂に達してしまった。

暴力的な快感に背中を反らし、体を痙攣《けいれん》させる。もはや声を抑える余裕すらなかった。

「あー、気持ちいい。やっぱりマリオンの中は最高だなあ」

うっとりと目を細めたセルジュは、マリオンが絶頂から降りてくるのを待たずに、そのまま容赦なく激しく彼女の胎《はら》を揺さぶる。

自分の体が彼を悦ばせていることを、ほんの少しだけ嬉しく思ってしまうのはなぜだろう。

「ひ、あ、あああっ……！」

（ああ、本当に、どうしてこんなことになってるの……!?）

気が遠くなるような快楽の中、マリオンはセルジュの本性を知ってしまった一回目の人生のことを思い出していた。

第一章　デスゲームの終わり

その日はマリオンの、王立魔術学院の卒業式だった。

王立魔術学院はデュヴァリエ王国が運営する魔術師育成のための学校であり、魔力を持って生まれた子供は特別な理由がない限り、十六歳から十九歳までの三年間、ここに通い学ぶことを国により定められている。

魔力を持つのは基本的に、王族や貴族であることが多い。

長年に亘り魔力を持った者同士で、血を掛け合わせ続けているからだろう。

ごくたまに平民が強い魔力を持って生まれてくる場合もあるが、そういった子供は幼い段階で貴族の養子となることが多く、やっぱり平民が平民のまま学校に入学することはほとんどなかった。

マリオンもまた例に漏れず貴族令嬢であり、さして裕福ではないが貧乏でもない、ごく普通の子爵家であるアランブール家の長女としてこの世に生を受けた。

両親は元宮廷魔術師であり、マリオン自身も強い魔力を持って生まれてきた。

そして両親からの影響を受け、マリオンは当然として幼い頃から魔術に傾倒した。

好きなものは魔術。興味のあるものも魔術。寝ても覚めても考えるのは魔術のことばかり。できれば一生魔術の研究していたい、という筋金入りの魔術オタクに育ってしまったのだ。

（ああ、魔術って最高……！）

そんなマリオンは年頃になっても、母が宮廷魔術師時代に着ていたお下がりのくたびれた黒いローブを身に纏《まと》い、ボサボサの赤い髪を振り乱して、毎日楽しく魔術の研究をしていた。

『せっかく可愛《かわい》く産んであげたのに……！』

などと母には日々泣きつかれるものの、ドレスにも宝石にも興味がないから仕方がない。己の見た目のために時間を割《さ》くくらいなら、少しでも魔術の研究に時間を割きたかった。

マリオンは興味があるものとないものに対する振り幅が、非常に大きい人間であった。

十六歳になり魔力持つ者の義務として魔術学院に行くことになったマリオンは、やはり野暮ったい姿のままで学院に通った。

ぱさついた赤毛を後ろで一本に編み、瓶底《びんぞこ》のような分厚いレンズの伊達眼鏡をかけ、無駄に大きく育ってしまった胸を隠すように、常に猫背で過ごした。

可愛いと評判の魔術学院の制服も、そんなマリオンが着るとなぜかダサく見えるほどだ。

そうなると、周囲の誰もマリオンに興味を持たない。

さらにたまに口を開けば、魔術についてのマニアックな話を捲し立てるように一方的にペラペラしゃべり続けるという、空気の読めなさっぷりである。

おかげで周囲の誰もが、マリオンから距離を取るようになってしまった。

そんな娘の惨状に、両親は悲しそうな顔をしているがそれでいい。

マリオンは自分の容姿が、人目を引く形をしていると知っていた。

本来なら柔らかく波打つ燃えるような赤毛も、綺麗《きれい》な巴旦杏型《アーモンド》をした大きな空色の目も、細く高い鼻梁《びりょう》と花びらを浮かべたようなぽってりした桃色の唇も。

一度だけ母に頼み込まれて着飾らされて連れて行かれたお茶会で、すぐに何人もの求婚者が現れるくらいには美しい。

だがマリオンは残念ながら、全くもって男性にも恋にも興味がなかった。

そもそも将来は宮廷魔術師になって、その生涯を魔術に捧げる所存である。

よって結婚自体を必要としていないし、したいという願望も全くない。

だからわざと見た目を野暮ったくして、対人能力皆無のように見せかけていたのである。

後継にはしっかり者の弟がいるし、見た目はマリオンによく似た、普通の感覚を持つ可《か》憐《れん》な妹もいる。

貴族としての一般的な幸福については、彼らに任せるつもりだ。

マリオンはただ、一生魔術のことだけを考えて生きていきたいのだ。

よって求婚は、全て丁重にお断りさせていただいた。男などにかまっている時間がそもそも惜しい。

母のように、妻となり子を持つ親となれば、魔術師として現役でいることは難しい。

母の人生を否定するつもりはないが、やはりその才能をもったいないと思ってしまうのだ。

(だって私は、この国一番の魔術師になるのよ……！)

好きなものはとことん突き詰めたい。

それ以外のことはマリオンにとって、全て些事《さじ》である。

マリオンがこの学院に求めているのは、潔く魔術の知識と技能のみであった。

よってマリオンは、友人すら必要としていなかった。

友人同士との意味のないくだらないおしゃべりなど、時間の無駄だとすら思っていた。

よって周囲から興味を持たれないことは、むしろマリオンにとって非常に快適なことであったのだ。

マリオンが通う王立魔術学院は完全に実力主義であり、成績ごとにクラス分けされ、在籍するクラスによって受けられる授業や与えられる待遇が全く違う。

各学年の成績優秀者上位三十名は特権クラスに所属する。そこはやはり血統的に強力な魔力を持ち、良い家庭教師をつけられる大貴族の子息が多かった。

だが特権クラスは優遇される一方で、義務や制約も多かった。

監督生として下級生の面倒を見させられたり、学院の代表として多くの行事に参加させられたりと、拘束される時間が多く忙しいのだ。

そんな時間があるのなら少しでも趣味の魔術研究をしたかったマリオンは、クラス分け試験においてうまく手を抜き、一般クラスに入った。

そうして余った時間はひたすら魔術の勉強と研究に充《あ》てた。魔術尽くしの充実した日々であった。

だが三年次は就職がある。女生徒は卒業後すぐに結婚してしまう者も多いが、マリオンは宮廷魔術師となり国の魔術研究所で働くことを目指しており、そのためには成績優秀者上位三十位以内となり、特権クラスに入ることが必須であった。

　よってマリオンは二年次の後半だけ本気を出し、見事学年首席をもぎ取って三年次には特権クラスへの昇級を果たしたのだ。

　真性の魔術オタクにとって、それはさして難しいことではなかった。

　突然頭角を現した規格外の子爵令嬢に対する、クラスメイトの視線は冷ややかであった。

　なんせこれまで成績優秀者に課される様々な義務から逃れるため、手を抜いていたことが明らかなのだ。

　真面目に頑張ってきた他の生徒たちから見れば、まるで小馬鹿にされているように感じたことだろう。

　実際マリオンは己が利己的で、相当に嫌な人間である自覚があった。

　だが何を言われようがマリオンは淡々としていた。なんせ他人に興味がなかったので。

　さらにそんなマリオンの得意な魔術は、防御や探索、認識阻害などの補助魔術であった。

　そのためマリオンを物理的に害するのは、特権クラスの生徒といえども非常に難しいことであったのだ。

　それでも面倒臭いことは嫌いなので、以後はあえて首席は取らず上位五位内くらいの成績に収まるよう調整しながら、極力目立たぬように認識阻害魔術を駆使して自分の存在を希薄《きはく》にしつつ最後の学院生活を過ごし、マリオンはこの度無事めでたく卒業式を迎えたのだ。

卒業後は宮廷魔術師として働くことも決まっており、マリオンの魔術師人生は前途洋々であるかのように見えた。

——だがそんなマリオンの未来は、突如として無惨《むざん》に打ち砕《くだ》かれることになった。

卒業式の後、なぜか特権クラスだけは校舎に残るよう、教師から指示を受けた。

なんでも学院長から、このクラスの生徒にだけ、特別な贈り物があるという。

「……やっぱり俺たちは、この国を支えていく人材だからな」

特別扱いを当然とする、誰かの誇らしげな声が聞こえる。マリオンは内心肩を竦めた。

高い魔力保持者は、幼い頃から様々なことで優遇されチヤホヤされるせいか、選民意識の強い者が多く、魔力の少ない者たちや平民を見下す傾向にある。

その理論によるならば、この学年で最も多くの魔力を保持するマリオンは、ここにいる連中の全てを見下していい、ということになるはずだが。

彼らは不思議と、自分たちが見下される立場になるとは考えていないらしい。

(心底くだらないわね)

魔力など、人間の持つ数ある能力のうちのひとつにすぎない。

生まれ持った魔力の強さは、美貌や頭脳と同じく、ただ生まれついた運の問題だ。

そのことにも気付かず、己を特別に選ばれし者だと思い込むなんて。

（それにしても学院長遅いわね。まだなのかしら……）

とっとと家に帰りたい。帰って両親と弟妹に、この手にある卒業証書を見せたい。

比較的人間味の薄いマリオンではあったが、家族のことはとても大切にしていた。

彼らは明らかに奇人変人と呼ばれる範疇《カテゴリー》にいるであろうマリオンのことを、心から愛し、大切にしてくれた。

マリオンがここまで好きなことに邁進《まいしん》できたのは、家族の理解が大きい。

だから一刻も早く家に帰って、彼らを安心させてやりたいのに。

先ほどからかなりの時間待たされているが、学院長が来る気配がない。

これまで彼に対し、時間にだらしない印象を持ったことはないのだが。

「――っ！」

するとそのとき、マリオンの体にぞわりと震えが走った。

マリオンでも到底敵わないような、強大な魔力が突如校舎を覆ったのだ。

（――これは、結界!?）

何人かは当てられた魔力に耐えられなかったのか、鼻血を出して倒れた。

『パンパカパーン！』

そして校舎中に、なんとも緊張感のない呑気な声が響き渡った。

おそらく魔術で拡声《かくせい》しているのだろう。

――どこかで聞いたことのある、楽しげな声だ。

『やあやあ、みんな。お待たせしたね！　色々と準備に手間取っちゃってさ。ごめんね！』

まるで日常会話のような内容だが、それは明らかに異常な事態だった。

「いったいなんなんだ！」

「学院長はどうしたの!?」

口々に叫ぶ生徒たち。誰もが混乱し、感情の制御ができなくなっていた。

『あー、学院長ねえ。色々とうるさいから、さっき殺しちゃった』

この学院の院長を務める男は、この国でも有数の魔術師であったはずだ。

そんな院長を、あっさりと殺したというこの声の持ち主は、いったい何者なのか。

『……さて、突然だけど、君たちにはこの場で仲良く殺し合ってもらいたいんだ』

「――――は？」

人間は理解の範疇《はんちゅう》を越える事態に遭遇《そうぐう》すると、なんの言葉も出なくなるものらしい。

誰もが唖然とし、その場に一瞬奇妙な静寂が走った。

『ルールはとっても簡単！　この学院の敷地内で、最後の一人になるまで殺し合うこと。つまり生き残れるのはたったの一人だけってことだね！』

どこまでも楽しげにしゃべり続ける声。

基本的にあまり物事に動じないマリオンであっても、体の芯から震えが走った。

この声の持ち主は、ただ純粋にこの状況を楽しんでいるのだ。

「ふざけるな……！」

生徒たちが一斉に、学院の敷地の外へ向かって走り出す。

マリオンは恐怖を覚えながらも、彼らの後を追った。

「きゃあああああ……！」

だが魔術で身体強化をし、誰よりも早く学院の外へと飛び出した男子生徒が、その瞬間に砕け散った。

『あー。ごめんごめん。僕としたことが言い忘れてた。君たちが学院の敷地の外に出ようとすると、彼のように体が粉々になっちゃう仕組みになっているよ！』

（この人、絶対わざとだ……！）

この声の持ち主は、こうなるとわかっていて、わざと一人生贄《いけにえ》にしたのだ。

この場のルールを、ここにいる生徒たちに思い知らせるために。

『あ、ちなみに三日以内に勝負がつかなくて、一人以上が生き残っちゃった場合も全員が今みたいに粉々になって死んじゃうから気をつけてね』

つまり逃げ場はなく、ここで最後の一人になるまで殺し合うか、全員仲良く死ぬかの二択しかない。

『そうだなあ。ご褒美《ほうび》がないのもやる気がしないよね。うん。それじゃ最後まで生き残った一人にはどんな願いでもひとつ叶えてあげよう。富でも権力でも好きなだけ。僕にはそれだけの力があるからね』

またしてもその場に、妙な静寂が走った。皆が互いの顔を眺め合う。誰もがすでに狂気に呑まれかけていた。

マリオンはその間に、すぐ己に認識阻害の魔術をかける。

――ここがすぐに、凄惨《せいさん》な戦場になることを察したからだ。

そして、級友同士《クラスメイト》の殺し合いが始まった。

マリオンは他人を害することなく、ただ身を隠し逃げ続けることを選んだ。

死にたくはない。だが人を殺すのは、それ以上に嫌だった。

だからマリオンは、己の命を少しでも長引かせる選択をしたのだ。

他の生徒たちとは違い、マリオンはまだ諦めていなかった。

ここから逃げ出す術《すべ》を、なんとか見つけ出そうとしていたのだ。

目を背けたくなるような惨劇が、学院内のそこら中で発生していた。

命を脅《おびや》かされた者の悲鳴、絶望。

それを振り切るように、マリオンは必死に状況を打開しようと奔走する。

この一年、極力目立たぬように過ごしたマリオンの認識阻害が破られることはなかった。

(あの声の主が、わざわざこんなことをしている理由はいったい何なのかしら……？)

彼ほどの魔術師の手にかかれば、ここの生徒を殺し尽くすことなど容易《たやす》いはずなのだ。

それなのになぜあえて、殺し合わせるなどという、手間のかかることをしているのか。

生徒たちの殺し合いを純粋に楽しみたい、などという単純な理由とはとても思えない。

この趣味の悪い遊戯の黒幕には、何かしらの目的があるに違いない。

マリオンはまず、この学院に施された結界の解除を試みた。

だが己の魔力を以《もっ》て結界の中枢に干渉してみたところ、この結界は非常に複雑な命令式でできており、これらをマリオンが一人で全て解《と》こうとすれば、途方もない時間がかかるであろう代物であった。

（すごい……こんな芸術的な結界、見たことがない……）

こんな状況でなかったら、マリオンはこの結界の制作者に弟子入りを志願していただろう。それくらいに緻密《ちみつ》で完璧な、素晴らしい出来の結界だった。

間違いなく天才の所業だ。心底悔《くや》しいことに。

あのふざけた声の持ち主は、マリオンより圧倒的に格上の魔術師なのだろう。

どんなに優秀だろうと、所詮まだ学院卒業したてほやほやの未熟な魔術師でしかないマリオンに、この結界を時限《タイムリミット》である三日以内に解除することは絶対に不可能だ。

とてもではないが、これらの準備は一朝一夕でできることはない。つまり犯人はこの遊戯をずいぶんと前から計画していたということだろう。

結局なんの解決策も見つけられないままに刻々と時間が流れ、時限まで残り数時間となったところで。

級友の生き残りはとうとうマリオンと、学年の首席であるオーギュストの二人になってしまった。

オーギュストはパラディール辺境伯家の後継で、このクラスの中心的人物である。

漆黒の髪と赤い目を持ち、端正な容姿をしている彼は、一見品行方正な好青年だ。教師たちにも気に入られており、マリオンと同じくこれから宮廷魔術師としての未来が決まっていた。

だがマリオンは二年次の終わりに一度だけオーギュストを下し首席になったことで、しばらく目の敵《かたき》にされたため、彼に対してあまりいい印象を持っていなかった。

貴族らしく肥大した自尊心を持つ、面倒な男だ。

正直級友の中でも、最も関わりたくない人物であった。

さらにただ逃げていただけのマリオンと違い、すでに多くの級友を死に至らしめたオーギュストは完全に血に酔っていた。

彼はいつまでたっても身を隠して姿を現さないマリオンに、憤《いきどお》っている。

それはそうだろう。マリオンを殺さない限り、彼は勝者にはなれないのだから。

数時間後に二人で仲良く死ぬか、それとも潔く殺し合うか。

勝者と敗者。どちらにしても行き着く先は地獄だ。

この場から一人生き残ったところで、級友を殺したという業を生涯背負って生きていかなければならないのだから。

その事実にオーギュストは気付いていないのだろうか。

「最後の生き残りは君なんだろう？　マリオン。出てきてくれ、正々堂々戦おうじゃないか」

高らかにそんなことを宣《のたま》う彼の目は、血走り、濁っている。

出ていけば、すぐに戦闘が始まるだろう。

けれどもマリオンには未《いま》だ死ぬ覚悟も、人を殺す覚悟もできない。

(怖い、嫌……！)

「いい加減にしろ！　俺と心中でもするつもりか！」

もう一層のこと、そのほうがいい気すらする。どうしても、決断ができない。

「死にたくない、まだ死にたくないんだ……！」

マリオンが姿を隠したまま苦悩している間に、オーギュストの精神状況がみるみるうちに悪化していく。

「頼む、俺のために死んでくれよ……！」

あまりにも彼の声が悲痛で、確かにこのまま時間切れとなって二人で死ぬよりも、どちらか一人だけでも生き残る未来のほうがいいのではないか、などとマリオンも考え始めた。

ただの子爵家の令嬢にすぎないマリオンとは違い、オーギュストはこの国の国境の守りを担う辺境伯家の後継だ。

だったら死ぬのは、やはり自分であるべきなのではないか。

だがそんなことを考えたら、家族の顔が次々に脳裏に浮かんだ。

いやだ、やはり死にたくはない。

物心ついてから初めて、マリオンの目に涙が溢れた。

――ああ、どうしたらいい。

「婚約者が、待っているんだ……頼む、出てきてくれ……」

そこにオーギュストの切ない声が聞こえてきた。

確かに彼には友人が多くいて、将来を誓った女性もいて。

死ぬわけにはいかない理由は、マリオン以上にあるのだろう。

「せめて、戦わせてくれ。このまま死ぬわけにはいかないんだ……！」

オーギュストと真剣に殺し合えば、勝てる可能性は五分五分だろう。

不思議と順当に、実力がほぼ同じ者同士が生き残っていた。

(魔力量ならば私が上。魔力制御はほぼ同等。けれど身体能力は圧倒的にオーギュストが上)

なんせマリオンは魔術に己の全てを全振りして、ほぼ引きこもって生きている。体力筋力共に最低限しかない。

それでも必死に勝つ算段を頭の中で練る。ただ死を諾々と受け入れる気はなかった。

残った時間が一時間を切ったところで、ようやく覚悟を決めたマリオンは、認識阻害魔術を解きオーギュストの前に姿を晒《さら》した。

「やあ、マリオン。やっと出てきてくれたんだね」

まるで長年離れていた恋人に対するような甘い声で、オーギュストがマリオンに語りかける。

そして次の瞬間、マリオンの背後から無数の魔力の槍が降り注いだ。

どうやらマリオンが出てくるときを見計らって、もとより罠《トラップ》を仕掛けていたらしい。

つまり最初から真っ当に勝負するつもりなど、オーギュストにはなかったのだ。

根は素直なマリオンが愚直に姿を現した時点で、彼女の敗北は決まっていた。

いくつかの槍が、マリオンの生きるために必要な血管や内臓を傷つける。

マリオンは血まみれになって、地面に崩れ落ちた。

「あはははは……！」

オーギュストが空に向かって高らかに嗤《わら》う。

それはもう人間とは思えぬ醜悪《しゅうあく》な姿だった。

「さあ、これで俺が最後の生き残りだ……！　今すぐにここから出せ……！」

むせかえりそうな血の臭いの中、狂気を宿した目でオーギュストが叫ぶ。

（……私、まだ生きているけれど）

マリオンは補助魔術の熟練者《エキスパート》であった。さらにはいつ嫌がらせを受けるともしれない身でもあった。

よって自らに常に自動的に展開する、防御魔術をかけていたのだ。

その防御魔術により、マリオンは即死を免《まぬが》れていた。

だがオーギュストの強烈な攻撃に対し、嫌がらせ対応用のあまりにも弱い防御壁であり、傷を少しだけ浅くする程度の効果しか発揮しなかった。

よってもはや辛うじて命があるだけであり、あとは死を待つだけしかない状況だ。

これではただ痛みが長引くだけだったかもしれないと、マリオンは床に転がったまま自《じ》嘲《ちょう》する。

やがてオーギュストの叫びに応えるように、ふわりと空から天使のごとき美貌の男が舞い降りてきた。

マリオンは目線だけで彼の顔を見て、驚く。

それは二年前にこの学院を卒業した、デュフォール公爵家の後継であり、元生徒会長であるセルジュ・デュフォールだったからだ。

だがその一方で、マリオンは納得もした。

間違いなく彼は今、この国一番の魔術師であり、そして王族に次ぐ身分を持っていたからだ。

確かに彼ならば、この殺人遊戯を催すことが可能だっただろう。

ただあまりにも品行方正な好青年という印象《イメージ》が強すぎて、マリオンが想定していた黒幕候補からは外れていたのだ。

まさかあんなにもお綺麗な顔の裏に、こんなにも醜悪な本性を隠し持っていたとは。

「貴様の仕業か……！」

怒り狂うオーギュストに対し、にっこりと澄んだ笑顔を浮かべるセルジュ。

やはりその姿だけならば、宗教画にある天使のような美しさである。

血や泥に塗《まみ》れたオーギュストとは真逆だ。

これではオーギュストのほうが、悪役に見えてしまうほどである。

「なぜこんなことをした……！」

それは確かにマリオンも聞きたかった。

この国一番の魔術師であり、さらには放っておいても貴族として最も高い地位を手に入れられる立場でありながら、なぜこんな破滅的な催しを彼は行《おこな》ったのか。

およそ人が欲するもの全てを持ち合わせていながら、いったいなぜ。

「……だって君たちが、僕の可愛いシャルロットを殺したからさ」

するとそれを聞いたオーギュストは、一変して顔色を変えた。おそらく身に覚えがあるのだろう。

（シャルロットって、確か……）

血の流しすぎでぼうっとする頭で、マリオンは必死にその名の持ち主を思い出す。

シャルロットとは、確か一年ほど前に亡くなった、平民の同級生ではなかっただろうか。

平民の身分でこの学院に入学する生徒はこれまでいなかったため、彼女のことは他人にあまり興味のないマリオンですら覚えていた。

ある日突然学院に来なくなり、風の噂《うわさ》で亡くなったと聞いた。

「お前たちが散々酷《ひど》いことをしたせいで、あの子は心を壊してしまった」

「あいつが勝手に自分で死んだんだ！　俺たちは関係ない……！」

（……なるほど。彼女の死因は、自殺だったのね）

自殺はこの国の主神である、エラルト神によって禁じられている。

もし自ら命を絶《た》てば、貴族であれば戸籍からその存在を消されてしまうほどに罪深いことなのだ。

「えー？　君たちが寄ってたかって、小さなあの子を犯したのに？」

セルジュが放った言葉に、マリオンの全身が粟立《あわだ》つ。

なるほど、これは復讐だったのだ。愛しい人間を犯され殺された男の。

「散々嫌がらせしてきてさあ、それでもシャルロットが折れないからって人気のない教室に呼び出して、君たちであの子に酷いことをしたんじゃないか。もう生きていけないって思うくらいに酷いことを」

成績優秀で、ただ一人特権クラスにいた平民の少女。

マリオンは、必死にその姿を思い出す。

確かまっすぐな金色の髪に、深い青の目をした、とても可愛い子だったように思う。

平民だと見下し蔑《さげす》みながら、皆、思わず目で追わずにはいられないような。

きっと彼女は、セルジュの身分違いの恋人だったのだろう。

だが復讐ならば普通に、ただ彼らを殺せばよかったはずだ。

なぜわざわざ殺人遊戯《デスゲーム》などという回りくどいことをしたのだろう。

そもそも女生徒たちはシャルロットに対し嫌がらせはしたかもしれないが、その性的暴行自体には参加していないだろう。

さらにマリオンに至っては、彼女が特権クラスにいた頃は一般クラスにいたので、全くもってこの件に関わりがなかった。

つまり今回の殺人遊戯に際し、マリオンは完全に巻き込まれただけ、ということだ。

「そこで僕は考えたんだ」

セルジュは顔を輝かせた。それは親に自分の描いた絵を見せる幼い子供のような、無邪気な笑顔であった。

「蠱毒《こどく》って知ってるかい？　極東の国にある呪術の一種らしいんだけどね。毒虫たちをひとつの壺《つぼ》に詰めて最後の一匹になるまで共食いをさせるんだ。そしてその残った最後の一匹を使って、憎い人間を呪い殺すんだよ。それをさあ、魔力を持った人間たちでやってみたら、もっとすごい力になるんじゃないかなって思ったんだよね！」

――――そう、たとえば。

「――人を生き返らせる、とかね」

褒《ほ》めてくれと言わんばかりに、早口でつらつらと自分の計画を楽しそうに語り、にいっと三日月のような口で笑ったセルジュに、マリオンはようやく彼の動機を理解した。

（つまりこの人は、シャルロットを生き返らせようとしているのね……）

きっと悲痛な覚悟のもとで、セルジュはこんな行動を取ったのだろう。

――と思うのだが、妙に楽しそうなのはなぜだろう。

むしろ趣味と実益を兼ねてみた、みたいな。何やら薄ら気色が悪い。

「そんな魔術をね、僕は構築したんだ。魔力を持った人間を殺し合わせて憎しみと恨みを凝縮させて、それを動力源として魔術を発動させる」

生贄を使用することで大いなる力を駆使できる、黒魔術。

非人道的だとこの国では法によって禁止されているはずだが、セルジュはそのことを全く気にしていないようだ。

まあ、魔術師というものは、得てして倫理観がポンコツであることが多い。もちろんマリオンも含め。

セルジュがひとつ指を鳴らせば、足元に黒く光る魔法陣が浮かび上がった。

彼が呼び出せばその場所ですぐ展開するように、密かにこの学院の敷地全体に仕込まれていたようだ。

それは魔術オタクのマリオンでも見たこともないような、緻密で美しい魔法陣だった。

「つまり君はその生贄なんだ」

「ふざけるな……！　そんな平民の女なんかのためになんで俺たちが……！」

その言葉を受けたセルジュがにっこりと蕩《とろ》けるように美しい笑みを浮かべ、何気なく手を横に振る。

するとごとんと憤怒《ふんぬ》の表情のオーギュストの首が地面に落ち、ころりと魔法陣の上に転がった。少し遅れて切断面から血が吹き出す。

あまりの躊躇のなさに、マリオンは一瞬何が起こったのかわからなかった。

おそらく風を鋭く研ぎ澄ませ、彼の首を切り落としたのだろう。

たった今、人を一人殺したというのに、彼の表情は全く変わらない。ずっと楽しそうに笑ったままだ。

「さっき最後の一人になったら、なんでも願いを叶えてあげるって言ったよね。実は僕もこの遊戯の参加者の一人なんだ。そしてたった今その願いを叶えてもらえる最後の一人になったというわけさ。ああ、ごめん。説明してももう聞こえないね」

(――なるほど、そういうわけだったのね)

極東に伝わるという呪術、蠱毒の仕組みをもとに作り上げた願望を叶える万能の魔法。

セルジュは最初から、自らがその最後の生き残りになるつもりだったのだ。

共食いさせた毒虫たちの、最後の一匹に。

「――ほら、最後の生贄だ。さっさとお食べ。そしてシャルロットを生き返らせてみせて」

セルジュが魔法陣の中心に立って、命じる。

――だが魔法陣は鈍《にぶ》く光ったまま、全く動く気配がない。

そこで初めてセルジュは、微笑み以外の表情を浮かべた。

思い通りにならなかったことに対する、つまらなそうな顔。

「なあんだ。失敗かあ。結構自信があったのになあ、残念」

だがその落胆すらも、妙に軽い。

これだけの大掛かりな計画を失敗したというのに、なぜそんなにも軽いのか。

普通の人間とは、明らかに感覚がずれている。

おそらく彼の情緒は、マリオンのそれとは違うのだろう。

「……でもまあ、仕方ないね。僕にも最期に、失敗するって経験ができたってことで」

そしてセルジュは己の首に手を当てると、先ほどと同じ魔術を放った。これまた全く躊躇せずに。

そして彼の首もごとんと地に落ちて、魔法陣のほうへと転がる。

するとセルジュの血を吸った魔法陣が、突如としてその光を強めた。

（え……？）

そこでマリオンは気付いた。

オーギュストの、そしてセルジュの決定的な失敗《ミス》に。

（そうか。私がまだ生きているから、この魔術は発動しなかったんだわ……！）

そこでマリオンは、最後の力を振り絞ってわずかに身を起こすと、セルジュの遺体がある魔法陣の中心へと這いずり始めた。

（なんとか、しなきゃ……。このままじゃ誰も救われない……）

迫り来る死に、何度も途絶えそうになる意識を気合いで必死に繋げながら、マリオンは前へ前へと進む。

奇しくもうっかり最後の一人になってしまった自分だからこそ、できることがある。

そして指先が魔法陣の中央部分に届いたところで、マリオンはただ祈る。

（ああ、どうかシャルロットの人生をやり直させてちょうだい……！）

この魔法陣は元々、シャルロットのために作られたものだ。

だったら哀れな彼女のために、使われるべきだろう。

クラスが違うとはいえ、マリオンは寂しそうな彼女の横顔を何度か見たことがあった。

けれども特に何もしなかった。己自身もまた冷酷な傍観者であったことは否めないのだ。

この魔法陣を発動させればどんな願いでも叶う、とセルジュは言った。

そしてこの魔法陣の最後の生贄になったのは、この国で最も強い魔術師。

（だからきっと、叶うはずよ……）

シャルロットがひとりこの場で生き返ったところで、愛する男も級友も何もかも全てが死んでいる。

彼女の身に起こった悲惨な出来事もそのままだ。――だったら。

「――シャルロットが幸せだった頃まで、時間を戻して……！」

そうだ、いっそ魔術学院に入学する前まで、時間が戻ればいい。

もしそれができたなら、私がこの悲劇を食い止めてみせるから。

そう強く祈ったところで、目の前が猛烈な光に包まれ、とうとうマリオンの意識は途絶えてしまった。

◇◇◇◇

強く扉を叩く音で、マリオンは目を醒《さ》ました。

酷く重くてぼうっとする頭を、なんとか巡らせる。

（……私、生きているの……？）

そしていったいここはどこだろうと、目だけで周囲を見回す。

（ああ、懐かしい、見慣れた光景だわ……）

ここはアランブール子爵領にある屋敷《マナーハウス》の自分の部屋だ。

なんでこんなところにいるのだろうと、マリオンが相変わらず働かない頭でぼんやりと考えたところで。

「マリオンお嬢様！　いい加減にそろそろ起きてください！」

マリオン付きの侍女であるナンシーの声が、扉の向こうから聞こえてきた。

彼女は年頃になるというのに枯れている娘のため、両親がわざわざマリオン付きにした、髪結と化粧が得意なお洒落《しゃれ》な侍女である。

だがおかしい。ナンシーは結局その実力を発揮する機会を与えられないまま、一年ほど前に結婚を機に退職したはずなのに。

「今日は魔術学院に入学するため、王都別邸《タウンハウス》に移動する日でしょう！　ずっと楽しみになさっていたじゃないですか！　起きてくださいってば！」

（なんですって……!?）

ナンシーの言葉に、マリオンは飛び起きた。

そして哀れにもやはり全く使用されていない、両親から一縷《いちる》の望みをかけて買い与えられた可愛らしい白い鏡台の前へと慌てて駆け寄る。

その鏡の中にいたのは、相変わらずボサボサの赤い髪の、だが記憶にあるよりも若干幼い自分の姿だった。

(わ、若返ってる……!)

どうやら自分は三年前、学院に入学する前の時間に戻ってきたらしい。

鏡に映る己の幼げな顔に、マリオンの視界が潤《うる》む。

——よかった、本当によかった。

(……つまり、セルジュ様の魔術は、成功したのね)

やはり恐るべき才能だと、マリオンは畏怖《いふ》に近い感情を覚える。

自分の目的のためなら、他人の犠牲も自分の命もどうでもいい精神病質者《サイコパス》であるが、やはりセルジュはまがうかたなき天才でもあった。

(すごいわ……)

「マリオンお嬢様ったら! いい加減に起きてください!」

「ごめんなさい。ナンシー。入ってきてもいいわ」

「なんです、起きていらっしゃるんじゃないですか」

ブツクサ言いながら部屋に入ってきたナンシーは、鏡台の前にいるマリオンを見て目を丸くする。

「……マリオンお嬢様が自ら鏡台を覗き込んでいる姿なんて、初めて見ました」

「そうね。初めて覗き込んでみたわ。ところでナンシー、お願いがあるのだけれど」

「はい、なんでしょうお嬢様」

マリオンは手入れを怠《おこた》っているせいでパサパサの髪を、指先で摘み上げる。

「可愛い髪型にしてほしいの。そしてできれば私に、化粧の仕方も教えてくれないかしら」

するとナンシーは、さらに信じられないとばかりに目を大きく見開いた。

「できれば可愛い姿で、学院に通いたいのよ」

それを聞いたナンシーはみるみるうちにその目に涙を浮かべ、鏡台の引き出しの中に一度も開封されないまま仕舞い込まれていた香油やら髪紐やらリボンやらを次々に取り出し、マリオンの気が変わらないうちにと、あっという間に彼女の頭を複雑怪奇な形に編み上げてしまった。

さらには眉毛を整え、顔の産毛を剃り、化粧まで一気に施してくれた。

(す、すごい……！)

どうやらナンシーは、マリオンが思っていた以上の技術を有していたらしい。

鏡の中には別人のように美しい、貴族のご令嬢が佇んでいた。

これほどの能力を持ちながら、全く身を飾る気のないマリオンに仕えていたのだ。宝の持ち腐れにも程がある。

申し訳ないことをしてしまったと、時を遡《さかのぼ》ったマリオンはいまさらながらに反省をした。

その後ナンシーは号泣したまま部屋を飛び出し『旦那様！　奥様！　マリオンお嬢様がお洒落に目覚めましたぁぁ……！』と両親に報告に行き、報告を聞いた両親はこれまたものすごい勢いでマリオンの部屋にやってきて、ネグリジェのままなのにやたらと頭と顔だけ盛られた娘を見て、おいおい泣いて喜んだ。

両親のその姿に、マリオンは思う。

（……ああ、私はなんて傲慢《ごうまん》だったのかしら）

一度死を目の前にしたからこそ、わかることがある。

自分がどれほど家族に愛されていたのか。そして自分がどれほど周囲に冷たかったか。

年頃になった娘の着飾った姿が見たい、などという両親のささやかで可愛らしい願いくらい、叶えてやればよかった。

髪を結うくらい、化粧をするくらい、ドレスを着るくらい、してやればよかったのだ。

そりゃ毎日しろと言われたら、さすがに困ってしまうけれど。

こんなにも両親が喜んでくれるなら、全然大したことではなかったのに。

マリオンは今になって、己の至らなさを思い知る。

家族の愛情に胡座《あぐら》をかいて、自分の好きなことだけに邁進《まいしん》していた。

そしてそのことに、何ひとつ疑問を持たずに生きてきた。

（――私はこれまでの生き方を、見直さなくてはいけないわ）

自分のことばかりだった、己の生き方を見直すのだ。

もっと周囲に関心を持って、優しい人間になりたい、と思う。

シャルロットのためだけではない。

これは、マリオンの人生をやり直す機会でもあった。

（さあ、頑張るわよ……！）

マリオンは張り切ってドレスを着ようとクローゼットを開け、その中身が空っぽであることにがっくりと肩を落とした。

第二章　未来を変える方法

その後、王立魔術学院に通うため、マリオンは両親と共に王都へと向かった。

両親は道の途中でマリオンのために様々な服飾店《ブティック》を巡り、学院で惨めな思いをしないようにとドレスや装飾品や靴などをこれでもかと買い与えてくれた。

特に母などはまるで自分の買い物のようにはしゃいでいて、マリオンはさらに己がいかに愚かだったかを思い知った。

「ああ、本当に、マリオンちゃんはなんて可愛いの……！　さすがは私の娘……！」

着せ替え人形にされながらも、殺人遊戯《デスゲーム》に巻き込まれ、もう二度と会えないだろうと思っていた母の楽しそうな顔に、マリオンも嬉しくて思わず視界が潤んだ。

魔術は相変わらず好きだ。何よりも大好きだ。

けれどもそのために己の全てを擲《なげう》つのは、たぶん正しいことではなかった。

もっと大切な人を、ちゃんと大切にするべきだった。

興奮した母との服飾店《ブティック》巡りは疲れたけれど、それでも嫌な疲れではなかった。

マリオンは初めて買い物を、楽しいと感じることができた。

きっと他にも勝手につまらないと、くだらないと決めつけて、まともに経験もせず切り捨ててしまったものがたくさんあったのだろう。

それらひとつひとつを拾って、奇跡的に与えられたこの二度目の人生を、丁寧《ていねい》に生きようとマリオンは誓う。

無事に王都につき、やがて迎えた魔術学院の入学式当日。

マリオンは新入生でありながら着慣れた制服を身につけ、前とは違って背筋を伸ばし胸を張った。

体自体は華奢《きゃしゃ》なのに胸だけがやたらと大きく、人の視線を集めてしまうため、かつての生では常に背中を丸めていたのだ。だがもうそんな必要はない。

柔らかく波打つ赤い髪は、左右の側面だけを編み込み首の後ろでまとめて、残りは背中に垂《た》らした。

ナンシーに『不器用なマリオン様でも簡単にできて、不思議と凝《こ》ったように見えるおすすめの髪型です！』と教えてもらった。やはり仕事のできる侍女である。

ちなみに毎日香油を塗ってブラシをかけたおかげで、パサパサだった髪はこれまでになくしっとり艶々だ。

指で毛先までするすると引っかかることなく梳《くしけず》ることができるようになり、少し感動している。

女性の容姿とは、かけたその手間に比例するのだとマリオンは知った。

そしてもちろん今回の入学試験は、一切手を抜かずに受けた。

当然のごとくマリオンは、一年次から首席で特権クラスの在籍となった。

元々優秀である上に、前回三年間学院で学んだ知識がある。

一年次の首席など、マリオンには非常に容易いことであった。

そうして前回は新入生代表としてオーギュストが立った壇上に、今回はマリオンが代わりに立つことになったのだ。

あの目立つことが嫌いで、魔術しか興味のなかったマリオンが。自分でも驚きである。

どこか気怠《けだる》げな猫のような空色の目に、ぽってりとした唇。燃えるような発色の赤い髪に、大きく盛り上がった胸。けれどもあくまでも腰は細く、手足も華奢ですんなりと長い。

まるで男の妄想をそのまま具現化したような体型の色香溢るる美少女が、新入生代表として壇上に現れ、その会場にいた誰もが啞然として彼女に見惚《みと》れる。

本当ならば緊張し、恐れる場面なのだろう。

だが前回の生において最上級の恐怖を味わってしまった身としては、この程度のことではなんとも思わなくなってしまった。死以上に恐れるものなど、この世にはないのだ。

マリオンは高い壇上から、新入生、在校生を見渡す。

するとその中に一際輝く金の髪を持つ、美しい少女が目に入った。

彼女は壇上にいるマリオンを、その綺麗な青い目に感嘆《かんたん》の色を浮かべながら見つめている。

（――見つけた）

その姿に、マリオンは歓喜に包まれた。

――ああ、生きている。生きているのだ。彼女はまだ。

マリオンは、その少女の名が『シャルロット』であることを知っている。

そしていずれ彼女に降りかかるであろう、悲劇も。

（会いたかったわ！　シャルロット……！）

マリオンはまるで恋焦《こ》がれるように、シャルロットを見つめた。

彼女が生きてここにいることが、嬉しくて嬉しくてたまらない。

そう、マリオンはシャルロットを救うために、今、ここに立っているのだ。

マリオンが目を合わせて微笑みかけると、シャルロットは頬を赤らめ、慌てて目を逸《そ》らした。

(あら？　ちょっと馴れ馴れしかったかしら……。よくわからないわね……)

なんせこれまで友人が一人もいなかったため、他人との距離の取り方がいまいちよくわからない。

これから少しずつ学んでいこうと思う。千里の道も一歩からである。

ひとつ息を吐いて心を落ち着かせてから、マリオンは非の打ち所がない答辞《とうじ》を披露してみせた。

単に前もって書いて覚えた原稿を、誦《そらん》じるだけのことだ。さして難しいことではない。

盛大な拍手の中、これだけはと母に叩き込まれた淑女《しゅくじょ》の礼をして、マリオンは美しく艶《あで》やかに微笑んでみせた。

そしてこの場にいる者たちの視線が、自分に釘付けになっていることに満足する。

(よし、いい感じよ！)

マリオンは今回の人生において、かつてとは逆に、とことん目立つことにしていた。

並《な》べてこの世は、出る杭《くい》が打たれるもの。

所詮子爵家の令嬢でしかない自分がこの学院で目立ちまくって、その杭になることにより、いずれシャルロットへ向かうであろう悪意を、全て自分のほうへと引き寄せられないかと考えたのだ。

そう、全てはシャルロットの平和な学園生活のために。

そしてマリオンがまるで恋焦がれるように、もう一度シャルロットの姿を探したところで。

今度はうっかり彼女とよく似た見事な金色の髪に、真っ青な目をした、諸悪の根源が目に入ってしまった。

——『セルジュ・デュフォール』。天使の顔をした悪魔。

他人の命も自分の命もどうでもいいと思っている、精神病質者《サイコパス》。

できれば二度と会いたくなかったが、うっかり目が合ってしまった。

マリオンの背筋に、ぞくりと冷たいものが走り抜ける。

慌てて目を逸らすが、それでもなぜか彼から突き刺さるような、それでいてねっとりとした視線を感じる。——怖い。

きっと壇上にいるからだろうと、マリオンはそそくさとその場を後にした。

入学式を無事に終えた新入生たちは、在籍クラス別に分けられる。

シャルロットとはもちろん同じクラスだ。平民でありながら非常に優秀な彼女は、死を選ぶその日までずっと特権クラスに在籍していた。

その姿を横目で確認し、マリオンはホッとする。そしてもうひとつの違和感に気付く。

(あら？　オーギュストがいない……？)

かつて首席だった、パラディール辺境伯家のオーギュストがいない。

近くの生徒に聞いてみると、どうやら彼は病《やまい》を患《わずら》い、この学校自体に入学していないらしい。

かつて自分を騙し、殺そうとした人物だ。

いないのならいないで一向にかまわないのだが、前回とは違うという点でマリオンはいささか不安になる。

「やあ！　新入生諸君、初めまして。僕はセルジュ・デュフォール。この学校の生徒会長をしているんだ。よろしくね」

新入生は上級生によって、これから魔術を学ぶ教室へと案内される。

マリオンの在籍する特権クラスは、よりにもよって生徒会長であるセルジュが担当であった。

彼はその優秀さと家柄から当然のように推薦されて、二年次より生徒会長を務めているらしい。

にっこりと笑って自己紹介するその姿は、最後に見た姿よりも、やはりいささか幼い。だがその素晴らしい美貌は相変わらずだ。

マリオンはつい、チラチラと彼を目で追ってしまう。

もちろんセルジュに憧れている他生徒たちとは違い、マリオンのそれは草食獣が天敵である肉食獣を警戒する類《たぐい》のものであるが。

なんせマリオンは、彼の本性を知っているのだ。憧れなどあるわけがない。

だがそれにしても、先ほどからやたらと彼と目が合う気がするのはなぜだろう。

教室に着くまでの短い時間で、少なくとも四回は目が合ってしまった。恐怖しかない。

「それじゃ諸君。この王立魔術学院で過ごす日々を楽しんでくれたまえ」

教室に入りセルジュがそう言って一礼し立ち去ると、級友たちの視線が今度はマリオンに向かった。

賞賛、興味、嫉妬《しっと》、憎悪。好意から悪意まで一斉に。

やはり人の視線は、その場で最も目立つものに吸い寄せられるものなのだろう。

セルジュがいなくなれば、次はマリオンというように。

それが狙いであるマリオンは、周囲を見回して挑発的に微笑んでみせた。

嫌がらせでもなんでもしてくればいいのだ。やられたらやり返すまでのこと。

こちとらシャルロット嬢のように、ただ我慢して耐えるなどという心優しい性格はしていない。

するとなぜかこちらに視線を向けてきた大多数が、慌てて視線を逸らした。

（あら……？）

なぜだ。もう少し根性を見せてほしい。せっかくマリオンが『嫌がらせをされた際にやり返す方法』を軽く百通り以上考えてきたというのに。

だが明らかにやり返してきそうな相手に手を出すほど、特権クラスの生徒たちは愚かではなかった。

なんせマリオンは目に見えて気の強そうな、色っぽい美少女なのである。

さらには魔術の実技も座学も、あらゆる面でこの学年の首席《トップ》に君臨している。

自分らの手に負えないと、彼らは判断したのだろう。

つまりシャルロットの身代わりになるというマリオンの作戦は、冒頭から失敗に終わった。

これまであまり他人と付き合ってこなかったせいで、マリオンは人の感情に対する知見が浅かった。

どうやら人は、明らかに自分より強そうな相手に対しては、攻撃の矛先を向けないものらしい。

「……ねえ、聞いた？　あの子、平民なんですって」

「まあ！　こんなところまで図々しいこと」

「人には相応しい場所というものがあるでしょうに」

そして結局彼らの侮蔑《ぶべつ》の目は、平民のくせに好成績で特権クラスに入ってきた、目に見えて気の弱そうな儚《はかな》い系美少女であるシャルロットへと向かってしまった。

ひそひそとシャルロットを蔑む声が、教室のそこかしこから聞こえてくる。

その声が聞こえているのだろう。彼女は背中を丸めて下を向いてしまった。

級友らはシャルロットを愛する悪魔のことを知らないから、そんなことができるのだろう。無知とは恐ろしいものである。

だがそれにしても聞き苦しいことこの上ない。マリオンは思わず眉を顰《しか》めた。

平民とはいえ自分よりも遥かに優秀な人間に、なぜそんなことが言えるのか。

（どうにかしなくちゃ……！）

このままでは結局、前回の人生の二の舞になってしまう。

どうしたらシャルロットを、守ることができるだろうか。

憤りつつ目の前でぺちゃくちゃと面白おかしくシャルロットを貶《おとし》める女生徒三人組を睨《ね》めつけたところで、ふとマリオンは思いついた。

言葉の節々に気安さが滲《にじ》むあたり、おそらく目の前の姦《かしま》しい三人は学院入学前からの友人関係なのだろう。

だからこうして群がって、一緒に悪口に花を咲かせているのだ。

女生徒は得てして幾人かの友人同士で群れ、共に行動する傾向がある。

かつて学院で常に一人《ぼっち》で過ごしていたマリオンにはよくわからないが、たぶんそういう生態なのだろう。

（……それならシャルロットの友人となって、そばで彼女を守ればいいんじゃないかしら）

シャルロットと友人となり、その名目で群れてしまえばいいのである。

常にそばにいれば、彼女を理不尽な攻撃から守ることができる。

そして手を出してきた連中に、やり返すために考えてきた百の方法を、実践する機会も出てくるだろう。

それを思うと笑みが浮かんだ。なんせマリオンは、成果物は試さずにいられない研究者性質なので。

ガタン、とあえて大きな音を立てて、マリオンは椅子から立ち上がる。

その音に驚いた生徒たちが口を噤《つぐ》み、小さく跳ねた。おそらくマリオンの一挙一動を気にしていたのだろう。

彼らのことは気にせず、マリオンはシャルロットのもとへと、足音高く歩いていく。

母が用意してくれた踵《かかと》の高いブーツが、なかなかに威圧的な音を立ててくれていい感じだ。

そしてマリオンがシャルロットの席の前に立ったところで、周囲の視線が興味本位なものへと変わった。

おそらくマリオンが自分たちを代弁し、シャルロットに攻撃的な行動を取ってくれるとでも思っているのだろう。

残念ながらマリオンの攻撃の矛先は、シャルロットではなくむしろ彼らなのだが。

目の前にある高圧的なマリオンの気配に、シャルロットは下を向いたままプルプルと小さく震えている。

どうやらずいぶんと怯《おび》えられているらしい。まだ何もしていないのになぜだ。

何やらマリオンは、傷ついた野生の小動物を「大丈夫だよ～怖くないよ～」と声をかけて保護するような気分になってきた。

「私はマリオン・アランブールというの。ねえ、あなた。お名前は？」

何はともあれ、まずは自己紹介からだとマリオンは口を開く。

すると恐る恐るといったように、ようやくシャルロットが顔を上げた。

サラサラと肩に流れるまっすぐな金色の髪に、湖の底のような深い青色の目。全てが小作りな可愛らしい顔立ち。

平民だというが、その見た目は明らかに貴族の因子を感じさせる。

もしかしたら彼女は、どこぞの貴族が身分の低い愛妾に産ませた、認知されない婚外子なのかもしれない。

(か、可愛い……！)

シャルロットを見たマリオンは、素直にそう思った。

そしてこんなに可愛らしい少女に襲いかかるであろう、悲惨な未来を思い出して激しく憤る。

今回は絶対にそんなことはさせまい。マリオンはもう、傍観者でいることはやめたのだ。

そんなマリオンの不穏な雰囲気が滲み出てしまったのか、シャルロットはさらに震え、うるうると目に涙まで溜め始めた。

これではまるで、マリオンが虐《いじ》めているような様相である。

ただ自己紹介をしただけなのになぜだ。マリオンは内心で慌てた。

「シャ、シャルロット・バレーヌと申します……」

「あら。可愛い名前ね。シャルロット、と名前で呼んでもいいかしら？」

「も、もちろんです！　アランブール子爵令嬢！」

「ぜひ私のことも名前で呼んでちょうだい。私、あなたとお友達になりたいの」

するとシャルロットは驚いたように、その潤んだ目を大きく見開いた。

「ひいっ！　そ、そんな……！　恐れ多い……！」

そしてぶるぶると震えながら訳のわからないことを言い出した。マリオンは思わず首を傾げる。

「私なんかが、アランブール子爵令嬢のご友人だなんてそんな……。ええと、下僕とか奴隷の間違いではなくて、ですか……？」

「…………」

(下僕とか奴隷って、いったいどんな思考回路よ……！)

マリオンは愕然《がくぜん》としてしまった。どうやらシャルロットは、極端に自己肯定感や自己評価が低い人間であるらしい。

「『下僕』も『奴隷』もいらないわ。私はあなたと『友達』になりたいのよ」

「そ、そんな馬鹿な……！」

『友達』と強調して言ってみたが、やはりシャルロットは未だに信じられない、といった顔をしている。

「い、いいんですか？　本当にいいんですか？　私、本気にしちゃいますよ？　後々に『やっぱり冗談だった』とか、『簡単に騙されて馬鹿じゃないの』とか、正直慣れてはいますがそれなりに傷つくので、できればなしにしていただけると……」

おどおどと視線を彷徨わせながらそんなことを言うシャルロットに、自分はそんなに意地の悪い人間に見えるのかと、マリオンは少々落ち込んだ。

顔立ちが少々キツめであることは確かだが。

シャルロットが顔色を窺《うかが》うように、マリオンの顔をチラチラと見る。

その視線には諦《あきら》めと、わずかばかりの期待が滲んでいた。そしてマリオンは納得する。

（ああ、シャルロットはこれまで、何度もそういう目に遭《あ》ってきているのね……）

友人だと思って、裏切られる。平民のくせにと、嘲笑《ちょうしょう》される。

シャルロットがマリオンの提案を素直に受け入れられないのは、マリオンの顔が怖いからではなく、ただこれまで受けてきた周囲からの扱いのせいなのだろう。

ここに至るまで、彼女はいったいどれほど辛い経験をしてきたのだろう。想像したマリオンは心を痛める。

「そんなわけないでしょう。ねえ、シャルロット。信じてちょうだい。私はあなたと友達になりたいの」

「……アランブール子爵令嬢……」

「ほら、マリオンと呼んでちょうだい。友達ならできるわよね？」

「そんな烏滸《おこ》がましい真似はできません……！」

「私が呼んでほしいと言っているのよ。いったい何が烏滸がましいの？」

するとシャルロットはその綺麗な青い目をそわそわと動かした後、恐々と口を開いた。

「マ、マリオン様……？」

「疑問符も様もいらないわ」

「む、無理ですぅぅぅぅ」

とうとうシャルロットは両手で顔を覆い、しくしくと泣きだしてしまった。

それを見た周囲の生徒たちが、ニヤニヤと笑っている。

どうやらマリオンがシャルロットを虐めて泣かせたと思い込み、喜んでいるようだ。とんだ誤解である。

（違う……！　なんでこんなことに……！）

ただ友達になってくれと、頼み込んだだけなのに。人間関係とは難しい。

こんな姿をあの悪魔《セルジュ》に見られたら殺されてしまう。マリオンは慌てた。

「……それなら『様』はつけてもいいわ。だから泣かないでちょうだい」

仕方なくマリオンは折れた。するとシャルロットはあからさまにホッとした顔をして、ふにゃりと泣き顔を笑顔に変えた。

ああ、やはり可愛い。どうしてこんなに可愛い子を虐めようなどと思えるのか。その尊厳を傷つけてやろうなどと思えるのか。マリオンには全く理解できない。

「でもマリオン様……。あの、実は私、貴族じゃなくて」

「ええ、知っているわよ。それが何か？」

「私と一緒にいると、もしかしたらマリオン様まで……」

自分にかまうせいでマリオンまで周囲から孤立し虐められてしまうのではないかと、シャルロットは心配してくれているらしい。やはり優しい子である。

だが馬鹿馬鹿しいことだと、マリオンは肩を竦めた。

「全く気にならないわね。そもそも平民でありながら実力でここまできたあなたを、尊敬こそすれ見下し蔑むような頭の悪い連中に、まるで興味がないわ」

マリオンはあえて周囲に聞こえるよう、大きめの声で言ってやった。これは宣戦布告だ。

クラスから孤立することなど、マリオンは全く怖くない。

なんせ前回の生でも、マリオンには友人など一人もいなかったのだから。

ボサボサの髪に瓶底眼鏡というもっさりとした見た目や、魔術オタクであるが故のおかしな言動で、常に周りから距離を置かれていたのだ。

今回シャルロットが友人になってくれたなら、むしろ前回よりもマシという有様である。

周囲の連中が苦々しい顔をする中で、またシャルロットの綺麗な青い目が潤んだ。

まるで泉に澄んだ水が湧くようだと、マリオンは思う。

――絶対にこの子を守るのだ。この卑《いや》しく愚かしい者たちの手から。

そして彼女を愛するセルジュの凶行を、食い止めてみせる。

マリオンは誓いを新たにした。今ならばセルジュの気持ちが少しだけわかる気がする。

この純粋で努力家な少女をくだらない理由で貶められ踏み躙《にじ》られたら、自分だって許せそうにない。

「ねえ、友達になってくれるでしょう？」

そう口にした後、シャルロットの金色の眉が困ったように下がったので、少し言葉が押し付けがましかったかと反省する。

やっぱり人間関係は難しい。でも頑張るしかない。

かつて面倒だと切り捨てたそれらを、今回はちゃんとすると決めたのだから。

「だ、だめかしら……？」

マリオンが不安そうに聞けば、シャルロットは泣き笑いの顔で「よろこんで！」と答えてくれた。

マリオンは心の中で喝采《かっさい》した。まずひとつ試練を超えた気がした。

そうして初めて友達を得たマリオンの新たな、そして二回目の学院生活が始まった。

周囲の生徒たちが手を出せぬよう、マリオンはできるだけシャルロットと共に行動するようにした。なんせ友達なので当然である。

勉強するときも、食事をするときも、些細な教室移動のときさえも共に過ごした。なんせ友達なので仕方ない。

正直こんなにも長く密に他人と行動を共にしたことなど、これまでのマリオンの人生において一度もない。

だからもっと面倒に感じるかと思ったが、案外そんなことはなかった。

生まれ育った環境からか、シャルロットは常にマリオンの顔色を窺っていた。

そのため話しかけられたくないときは察して話しかけてこないし、マリオンが何かに困ったときにはすぐに気付いて助けてくれる。

だから共にいても、あまり苦にならないのだ。――それどころか。

「マリオン様！　食堂の席、取っておきました！　もちろん窓際です！」

「マリオン様！　あの、クッキーを焼いてきたんです！　受け取っていただけませんか？」

「マリオン様、今度のテストの範囲をノートにまとめてみたんです！　よかったら使ってやってください！」

何やらマリオンに対し色々と手厚いのだ。友達とは本来ここまでするものなのだろうか。

「……………ありがとう、シャルロット。でもそんなことまでしなくていいのよ……？」

「私が好きでしているんです。気になさらないでください。マリオン様のお役に立てることが私の無上の喜びですから……！」

「……………そう？」

（……なんだか私が考えていた友達の概念と違うわね……？）

初めてできた友人に、マリオンも最初はなんとも言えないこそばゆい気持ちがあったのだが。

気付けばシャルロットはマリオンの友人というよりも、取り巻きのような様相を呈していた。

マリオンの様子を常に窺い、欲するものを前もって察し、それを差し出してくれる。

おかげでマリオンは、この学院に入って困ったことがない。

なぜなら面倒なことは、全てシャルロットが先んじてやってくれるからだ。

だがこれではまるで、マリオンが彼女をパシリとして使っているみたいではないか。

(あの男に知られたら、私、殺されてしまうのでは……!?)

『僕の可愛いシャルロットに何をさせているんだい?』などと微笑みながら、セルジュに殺される想像をして、マリオンは震え上がる。

決して自分がやらせているわけではない。ただ勝手にシャルロットが暴走しているのである。

そして入学して三ヶ月ほど経《た》てば、だいたいクラス内の力関係は確立するもので。

気がつけばマリオンは、クラスの中で女帝のような扱いを受けていた。

もちろん当初はシャルロット共々、様々な嫌がらせを受けた。

教科書などがなくなることは日常茶飯事だった。だがマリオンはシャルロットと自分の魔力パターンを前もって把握しており、探索魔術を使ってすぐに探し出すことができた。

もちろんそれらに残された魔力痕から、犯人を探し出し教師に突き出すことまでセットでやり切った。

汚水がかけられそうになったときは、自分とシャルロットを反射壁で囲み、その汚水を全て跳ね返してやった。

臭い汚水まみれになってべそべそ泣いている犯人の女生徒を見て、なぜ自分が泣くほど嫌なことを、他人にしようとするのかと呆れた。

他にも少しでもシャルロットや自分に攻撃的な態度をとってきた相手には、実技の授業の際に正当に叩きのめしてやったし、言いがかりのように売られた喧嘩《けんか》は全てお買い上げして、相手が泣いて詫びるまで言い負かしてやった。

『ごめんなさい。私天才なので』

そしてあえて相手を煽《あお》るような言葉を吐いて、余裕に見えるよう艶やかに微笑んでやった。

なんせこういった集団生活の場では、舐《な》められたらおしまいだからだ。

そんなふうに『やられたらやり返す。できれば倍以上』を心掛けていたら、気がつけばクラスの人間は誰もがマリオンを恐れ、逆らわなくなってしまった。

そしてついた通り名は『特権クラスの女帝』である。

ちなみにシャルロットは、そんなマリオン女帝の腰巾着としての地位を確立した。

腰巾着とは本来悪口のはずなのだが、シャルロットはそう言われるとむしろ嬉しそうにしている。

そして毎日生き生きと楽しそうに学院に通っている。前回とは大違いだ。

まあ、事あるごとに『私の可愛いシャルロットに手を出すなんて、いい度胸ね』なんてことをマリオンが言っていたせいかもしれない。

マリオンとしては、くだらない嫌がらせをしてくる相手に対する牽制及び警告であったのだが、シャルロットにとってはマリオンの存在は悪意だらけのこの学院において唯一の救いのように感じたのだろう。

そうしてすっかりシャルロットは、マリオン第一の取り巻きを自負するようになってしまったのだ。

友達というよりは主従関係のようで、こんなはずではなかったと、マリオンは頭を抱えている。

だがシャルロットはその関係をむしろ喜び、マリオンに尽くすことを名誉や誇りとして捉えているようだ。

そしてマリオンの役に立てなければ、捨てられてしまうと思い、怯えている。

(だから私に捨てられないように、必死に自分の有益性を主張《アピール》しているのね)

同級生の友人関係としては、なんとも歪《いびつ》で不健全な関係性だ。

確かにマリオンがいなくなれば、シャルロットは一気にこの学院での居場所を失ってしまうだろう。

（でもそんなことをしなくても、私はちゃんとそばにいるのに）

彼女のその精神性が、なんとも哀れでもどかしい。

マリオンだって、すっかり彼女のことを大好きになってしまったというのに。

だからこそ、できれば対等でありたいと、願っているのに。

「その美貌、その才能、それなのに努力を惜しまぬ気高き精神。マリオン様はこの世の奇跡なのです……！」

「あ、ありがとう……？」

「マリオン様は私の女神様です……！」

「え、そこまで……？」

今日もお昼休みに中庭で勉強がてら、シャルロットが持ち込んだティーセットでお茶をしているのだが、その間もシャルロットのマリオンへの賛美《ヨイショ》がすごい。とうとうまさかの神格化である。

シャルロットは放っておくと、いつまでもこうしてマリオンを讃《たた》える言葉を吐き続けるのだ。

度を越えたお世辞はむしろ馬鹿にされているように感じてしまうものだが、シャルロットは心の底から本気でそう思っているようで、不快になることはない。

ただ他人に褒められ慣れていないマリオンが、恥ずかしく居た堪れなくなってしまうだけで。

「シャルロット。いくらなんでも褒めすぎよ」

「いいえ、まだまだこんなものではマリオン様の素晴らしさを語り尽くせません……！」

自分はそんな素晴らしい人間ではないのに。前回の生では傍観し彼女を見捨てたのに。

そう思うと、どうしようもない心苦しさがある。

本当は前回からシャルロットを救えたらよかったのにと、もうどうにもならないことを悔やんでしまう。

シャルロットと仲良くなれば仲良くなるほど、当時の彼女が味わったであろう絶望や地獄を何度も何度も考えてしまうのだ。

「……シャルロット。あなただって素晴らしいわ。治療魔術に関しては、この学院で並ぶ者がいないっていうじゃないの。実技だって満点だったと聞いたわ」

シャルロットは数少ない治療魔術の使い手だ。

かつてその能力所有者は聖女と呼ばれ、エラルト神から遣わされし救いの手として尊《たっと》ばれたという。

だが今は魔術としてその仕組みを確立されてしまい、聖女という役職はなくなってしまった。

時代が時代であれば、シャルロットは聖女として大神殿の最上位にいたかもしれないのに。

「い、いえいえ、そんな、私ごときが……」

「度を越えた謙遜《けんそん》は、卑屈に感じるわ。それにあなた以下の成績の人間に対する嫌味にもなるわよ。やめなさい」

マリオンがぴしゃりと窘《たしな》めれば、シャルロットは泣きそうな顔で「はい。頑張ったんです」と小さな声で照れたように言った。

マリオンは手を伸ばし、シャルロットの柔らかな髪をよしよしと撫でてやる。

すると彼女は、嬉しそうに目を細めた。

「私、この学院に来てよかったです。マリオン様に会えたから」

そんなことを言うシャルロットに、マリオンの胸がキュンと締め付けられる。

守りたい、この笑顔。マリオンは改めて強く思う。

マリオンだって、生まれて初めて友情っていいなと思うようになったのだ。

前回の生における視野の狭さを、日々思い知っているところだ。

「あーあ。マリオン様がいっそ兄と結婚してくださったらいいのに。そうしたら学院を卒業しても、マリオン様とずっと仲良くしていられるのに」

「あら。シャルロット。あなた兄弟がいたの？」

「はい。訳あって兄妹とは名乗れないのですが……」

おそらくシャルロットの兄は貴族なのだろうと、マリオンは推測する。

だが庶子であるシャルロットとは、表立って付き合うことはできないのだろう。

（いったいどこの家かしら。腹立たしいったら）

こんなにも可愛く優秀な子を、なぜ家に受け入れないのか。

貴族の令嬢としてこの学院に入学していたら、あんな目に遭わずにすんだであろうに。

「気持ちは嬉しいけれど、私は結婚をするつもりはないのよ」

そしてもちろんマリオンは、そんな彼女の兄に嫁ぐつもりなどない。

シャルロットの義姉になるのは悪くない気がするが、そもそも結婚願望自体がないのだ。

「なぜですか！　私、マリオン様のお子様の乳母になる未来まで考えていたのに……！」

「…………？」

どうやらシャルロットは義妹どころか、マリオンの結婚に合わせて適当な男と結婚し、マリオンの子供の乳母となることまで狙っていたらしい。

どうしよう。今日も友人《シャルロット》からの愛が重い。

「私は宮廷魔術師として、魔術の発展に寄与したいのよ。だから結婚は考えていないわ」

「マリオン様のお血筋が途絶えるなんて！　そんなの人類の損失ですう……！」

「え？　そこまで……？」

シャルロットの中で、自分はいったいどんな存在に昇華されているのか。マリオンはいよいよ不安になってきた。

「……やあ、君たち。こんなところで何をしているんだい？」

すると突然背後から、どこかで聞いた低く甘い声をかけられた。

マリオンは思わず体を強張らせる。

学院に入学して早三ヶ月。とうとうこの時が来てしまった。

――セルジュ・デュフォール。

この声の持ち主は、シャルロットを生き返らせるため殺人遊戯《デスゲーム》を催した黒幕だ。

シャルロットと共に過ごす以上、いずれは遭遇するだろうとは思っていたが。

「……これはデュフォール会長。ご機嫌麗《うるわ》しく」

マリオンは慌てて立ち上がり、恐怖で鼓動を速くする心臓を宥《なだ》めながら、なんとか淑女の礼をとる。

一方のシャルロットは立ち上がることもせずに、軽く頭を下げるだけに留めた。

どうやらこの二人、既知《きち》であるらしい。

彼らの出会いを演出する必要はなさそうで、マリオンは少しだけ安堵する。

もしそこまで求められていたら、恋愛経験皆無《かいむ》の自分は詰んでいただろう。

「おや、特権クラスの女帝陛下に、頭を下げられてしまったよ」

セルジュはくすくすと楽しそうに小さく声を上げて笑った。どうやら上級生にもマリオンの通り名は浸透しているらしい。勘弁してほしい。

「それで、君たちはここで何をしているの？」

「…………」

なんと答えればいいのかわからず、マリオンは思わず黙り込んでしまう。

マリオンが今何をしていたかと問われれば、彼の恋人であろうシャルロットが持ってきてくれた敷物を中庭の木陰に敷き、シャルロットが作ってきてくれた焼き菓子やサンドイッチを食べ、シャルロットが淹《い》れてくれたお茶を飲みつつ、ただひたすらシャルロットがマリオンを崇め奉る言葉を聞いているだけのお茶会をしていた。

（……これって、怒られるやつでは……？）

そのまままるっと説明したら、『僕のシャルロットに何をさせているんだい？』と首を斬《き》られかねない事態である。

もちろん必要ないと断るシャルロットに無理やりお菓子やお茶の材料費を多めに握らせているけれど、それでも全てを準備してくれる彼女の負担が重いのは間違いないのだ。

「マリオン様と一緒にお茶をしつつ、魔術について熱く語らっていたのです」

シャルロットはセルジュに胸を張って自慢げに言った。そこには気安い雰囲気がある。

「いいなあ、僕も交ぜておくれよ」

そんなセルジュの言葉に、シャルロットがあからさまに少々嫌な顔をした。

相手は公爵家子息である。平民でありながらそんなことが許されてしまう彼女が信じられない。やはりそこに愛があるからか。

（……だったら私は必要ないわよね？）

「あの、私が邪魔なら……」

愛し合う二人の間の邪魔者にはなりたくないし、セルジュは怖いし、ということでマリオンはその場をそっと辞そうとした。

だがシャルロットは首をブンブンと横に振ってマリオンの腕に縋り付き、セルジュは小さく肩を竦めた。

「いえ！　マリオン様がいらっしゃらないなら意味がありません！　私も撤収します！」

「そうだよ、僕が会話をしたいのはシャルロットじゃなくて女帝陛下だからね」

（あら？）

「ちょっと！　私とマリオン様の、二人きりの幸せな時間を邪魔しないでくださいってば！」

「……アランブール子爵令嬢は別に君のものじゃないだろう？　僕にも彼女と交流する権利があるはずだけど」

（……あら？）

マリオンは思わず首を傾げる。まるで二人が自分を取り合っているような気がするのはなぜだろう。

二人は愛し合っているのではなかったのか。どちらかというと啀《いが》み合ってやしないか。

とりあえずこの場を辞するのは、許されないようだ。

仕方なくマリオンは、制服の裾を整えながらもう一度座った。

「ねえ、そこのクッキー、ひとつもらってもいいかい？」

するとセルジュも図々しくマリオンの横に腰をかけ、彼女のそばにあるクッキーを指さした。

「どうぞ。私がマリオン様を想いながらひとつひとつ心を込めて焼いたものですが」

シャルロットが頬を膨《ふく》らませ、もったいぶったように言う。可愛い。

だがまさかこのクッキーに、そんなにも情念が込められていたとは知らなかった。

少々恐怖を覚えながらも、マリオンは皿からクッキーをひとつ摘んでセルジュに差し出す。

ちなみにシャルロットが作るお菓子は、何もかもが非常に美味である。マリオンはすっかり彼女の作るお菓子の虜《とりこ》になってしまった。

本当にその自己肯定感の低さ以外は、なんの欠点もない少女なのだ。

むしろ完璧だなんだとシャルロットに讃えられているマリオンのほうが、実はよっぽど欠点だらけであったりする。

「ありがとう」

目の前に差し出されたクッキーを、なぜかセルジュは顔を寄せてマリオンの指ごとパクリと口に含み、舌先でマリオンの指を舐め上げた。

「ひゃっ！」

生温かいぬるりとした感触に驚いたマリオンが、慌てて彼の口から指を引き抜けば、セルジュはクッキーをゆっくり咀嚼《そしゃく》し嚥下《えんげ》した後「うん。甘くて美味《おい》しいね」と言って行儀悪く舌舐めずりした。

マリオンの背中に、恐怖と原因不明の妙な震えが走った。

「ちょっとセルジュ様！　マリオン様になんてことをなさるんですか！」

そうだ、そういうことは愛《いと》しのシャルロットにやってほしい。

そんなことを考えたところで、シャルロットがセルジュを気安く名前で呼んでいることに気付き、マリオンは驚く。

貴族であるのなら、異性で名前を呼び合うのは家族かよほど関係の深い人間に限られる。どうやら彼らの関係性は、マリオンが考えていたよりも、すでに深いものであるようだ。だったら余計にマリオンを揶揄《からか》うような真似は、やめてほしい。

他人の舌など、生まれて初めて触ってしまったではないか。嫌な初体験である。

(私にちょっかいをかけることで、シャルロットに嫉妬をさせたいのかしら……？)

それならば確かに納得がいく。シャルロットのセルジュへの対応は、かなり冷たく感じるからだ。

(もしかしてデュフォール会長の片想いなのかしら？)

マリオンがそんな妄想を繰り広げていると、クッキーを嚥下し終えたセルジュがまたマリオンのほうを向いて、鳥の雛《ひな》のように口を開けた。

これはつまり次のクッキーを入れろ、ということだろうか。

こんな間抜けな顔をしていても美しいなんてずるいなぁなどと思いつつ、なんとなく逆らえずにマリオンがもうひとつクッキーを摘み上げたところで。

横からシャルロットがクッキーを数枚、セルジュの口に放り込んだ。

「んぐ」

「先ほどから図々しいです！　セルジュ様！　あーん！　だなんて、私だってまだマリオン様にしていただいたことがないのに！」

「…………」

普通は友人同士で、そんな真似はしないだろう。

だがシャルロットが妙に悔しそうなので、マリオンは思わず摘んでいたクッキーを、彼女の愛らしい唇に押し込んでやった。

「むぐ。……ああ、マリオン様が手ずから私の口にクッキーを……！　このまま一生飲み込みたくない……！」

「やめなさい。普通に食べなさい」

さすがにマリオンが窘めれば、シャルロットは悲しそうにやたらと長く咀嚼を繰り返した後、渋々嚥下した。

その隣でセルジュも、シャルロットによって大量に口に放り込まれたクッキーをなんとか嚥下する。

それから彼は、弾《はじ》けるように笑いだした。

「あははっ！　シャルロット。君、こんなに面白い子だったっけ？　ついこの間まで暗い顔をして俯《うつむ》いていたと思ったけど」

「うふふ、私はマリオン様と出会って、新生シャルロットとなったのです。もうセルジュ様の知っている、あの根暗で陰気なシャルロットではないのですよ」

シャルロットも自慢げに微笑んだ。まあ、自分が友達になったことで、シャルロットが自信を持てたのなら嬉しい。

思わず釣られてついマリオンも微笑んでしまった。

するとセルジュとシャルロットの二人が、呆気《あっけ》に取られたようにこちらを見た。

いったい何があったのかと、マリオンが慌てて笑顔を引っ込めると、二人は非常に残念そうな顔をした。

「あー！　超希少なマリオン様の自然な笑顔が……！」

シャルロットが悲しげな声を上げる。どうやら二人はマリオンの笑顔に見惚れていたらしい。

思わず恥ずかしくなって、マリオンが顔を赤らめ俯くと、「照れてるマリオン様が尊い

「……！」などとまたしてもシャルロットが身悶《みもだ》えしていた。

マリオンへの傾倒が過ぎて、いよいよ彼女の将来が心配になってきたこの頃である。

「うん。シャルロットがアランブール子爵令嬢を気に入る理由がわかるな」

そう言ってセルジュもうっとりと目を細めた。

肉食獣に標的にされたような、居心地の悪さがマリオンを襲った。

「あ、ありがとうございます……？」

相変わらずセルジュのことは怖い。だがシャルロットを失っていない今の彼は、まだ何ひとつとして罪を犯していない、ただの品行方正な青年にすぎないのだ。

必要以上に警戒するのは、失礼なことかもしれない。

このままマリオンがシャルロットを卒業まで守り抜くことができて、セルジュとシャルロットが結ばれれば、今回の生はどこにでもあるハッピーエンドになるはずだ。

公爵子息と平民の娘の恋は、そう簡単に認められるものではないけれど、その気になれば何十人もの命を容易く奪える男だ。きっとどうとでもするだろう。

それにシャルロットは平民とはいえ強い魔力を持った優秀な魔術師だ。どこかの養女になるなりすれば、公爵夫人だって夢ではないと思う。

まあマリオンの可愛いシャルロットを、この精神病質者《サイコパス》に任せるのはいささか不安が残るが。

その一方で、セルジュは逆に酷く一途であるとも言える。

自分が死んだ後に、己の全てを擲ってでも生き返らせようとまでしてくれる人間は、そうそういないだろう。

用法容量を間違えなければ、良き恋人になってくれるはずだ。たぶん。

その後、人目につかないところでシャルロットと過ごしていると、かなりの確率でセルジュが乱入してくるようになった。

最初の頃は少し嫌そうな顔をしていたシャルロットも、彼らの仲を取り持とうと恐怖を押し殺しつつマリオンがセルジュを受け入れているうちに、何も言わなくなった。

三人で何気ないおしゃべりをして、お菓子を食べ、お茶を飲み、のんびりとした時間を過ごす。

やはり入学してから三年間、一度たりとも首席の座を他人に明け渡すことのなかったセルジュの話は、非常に興味深く楽しい。

あまりにも深淵《ディープ》な魔術の話にまで至り、シャルロットがついていけなくなることも日常茶飯事だ。

もとより熱狂的な魔術大好き人間なマリオンである。教師以上に的確な答えを返してくれるセルジュとの会話は刺激的で、彼女を夢中にさせた。

おかげでシャルロットとセルジュの仲を取り持つつもりだったのに、最近なぜかマリオンとセルジュの仲ばかりが深まっている気がする。

それどころか逆に、シャルロットがマリオンとセルジュを仲良くさせようと、嗾《けしか》けてくるようになった。

(なぜ自分の恋人と友達である私を仲良くさせる必要が……?)

シャルロットの考えていることが、よくわからない。

恋人と友人を仲良くさせることで、彼女になんらかの利点があるのだろうか?

だがそんな日々を繰り返すうちに、マリオンは愚かにもセルジュへの警戒を徐々に解いていってしまった。

なんせ日常においてはとことん無害な男なのだ。あの惨劇が今では信じられないくらいに。

そして人間は、よくも悪くも与えられた環境に慣れてしまう生き物である。

気がつけばマリオンは、セルジュに対し親しみのようなものまで感じるようになってしまった。

そんな日々を過ごすうちに、マリオンが王立魔術学院に入学して一年が経ち、最高学年であるセルジュの卒業が近づいていた。

出会った頃はあれほど恐れていたのに、すっかり彼が近くにいることが普通になってしまったマリオンは、彼の卒業を前に、一抹の寂しさを感じていた。

なんせこの一年、とても平和だったのだ。

相変わらずマリオンはクラスの女帝として君臨していたし、新たにシャルロットに手を出そうとする輩も現れなかった。

何よりセルジュが二人をかまっている姿が学院内で散見されたため、次期公爵のお気に入りを害することはできないと、さらに遠巻きにされるようになったのだ。

同級生全員と仲良くしようだなんて、マリオンはもとから小指の先ほども思っていない。よって距離を置かれたところで、痛くも痒《かゆ》くもない。友人はシャルロットがいれば、十分事足りた。

なんせ前回の人生においてマリオンは、生涯友人の一人もいなかったのだ。

少なくとも今回は一人友人がいるのだから、マリオンにしては上々である。

友達ができたと家族に手紙を送れば、両親が号泣して喜んでいたと弟から手紙が届いた。

これまで本当に心配をかけていたのだと、これまた反省する日々だ。

「……マリオン様。今日授業が終わった後、買い物に付き合っていただけませんか？」

そしてちょうど学年最後の定期試験が終わった頃、マリオンはシャルロットにそんな誘いを受けた。

確かにセルジュの卒業式が近い。もちろん彼は首席での卒業が決まっており、来月から宮廷魔術師になるという。

そして卒業式の後の夜は、卒業生在校生入り混じっての舞踏会《プロム》が催される。

おそらくシャルロットは、その際に着るドレスが欲しいのだろう。

基本的に舞踏会《プロム》は、男女のペアでの参加が義務付けられている。

シャルロットはもちろん、セルジュのパートナーになるだろう。

ちなみにマリオンは欠席する気満々である。女帝と恐れ慄かれている自分のパートナーになりたいなどという気概のある男子生徒はいないであろうし、そもそもそういった催しが好きではない。前回の生においても一度たりとも参加していなかった。

ちなみにパートナーの見つからなかった哀れな生徒たちが集まって、反舞踏会《アンチプロム》なるものも同時刻にこっそり開催されるらしい。

悲しみに打ちひしがれし非モテ魔術師たちによるどんちゃん騒ぎのほうが、マリオンとしてはむしろ興味深い。ちょっと参加してみたいな、などと思っていたりする。

「ええ、いいわよ」

可愛いシャルロットに上目遣いでお願いされては、マリオンに断るという選択肢はない。

シャルロットにはどんなドレスが似合うだろうか、などとわくわくと考えつつ了承した。

授業が終わった後、マリオンはいつものようにシャルロットを腕にくっつけたまま、校門へと向かう。

そしてそこに堂々と停まっている美しい馬車に、ぎょっとする。

艶やかな黒の車体は汚れひとつなく、そこら中に金で緻密な装飾が施されており、馬車を引く馬は明らかに血統の良さが滲み出ているような駿馬《しゅんめ》だ。

車体横に描かれた百合を表す大きな紋章は、この馬車がデュフォール公爵家所有であることを表している。

（ふむ。つまりデュフォール会長も一緒に行くのね）

どうやらこの買い物はシャルロットと二人きりではなく、セルジュも同行予定らしい。

もはや彼の存在は日常になってしまっていて、気にならなくなっていた。

マリオンとシャルロットが近づけば、音もなく馬車の扉が開く。

そこから出てきたのは言わずもがな、デュフォール公爵家の後継である、セルジュであった。

「やあ。待ってたよ、アランブール子爵令嬢」

完璧な所作で差し出された手に、すっかり慣れてしまっていたマリオンはなんの疑問も警戒心も持たずにそっと己の手を重ねる。

「こんにちは。会長もシャルロットの買い物に付き合わされるのですね」

そんなことを言いながら、マリオンは内心首を傾げる。

だったらシャルロットと二人きりになればいいものを。

なぜ二人はわざわざ、自分たちの間にマリオンを挟もうとするのだろう。

そうしてセルジュに手を引かれ、マリオンが馬車に完全に乗り込んだところで。

パタン、と背後の扉がセルジュの手によって閉められた。

「……今日は違うよ。なんと僕と君の二人きりだ」

「……え？」

慌てて馬車の窓から外を見れば、手を合わせて謝罪のポーズを取るシャルロットがいた。

それから少々罪悪感のある顔で、動き出した馬車に小さく手を振る。

「……ええ!?」

(謀《はか》られた……！)

どうやらこの買い物は、最初からセルジュとマリオンの二人きりの予定だったらしい。

なぜかはわからないが、シャルロットはセルジュに頼まれて、ここまでマリオンを連れてきたのだろう。

思い返せば『買い物に付き合ってくれ』とは確かに言われたが、『誰と』とは言われていなかった。

つまりシャルロットはあえて誤解を招くように、主語を抜かしていたのだろう。

正しく言うならば『セルジュ様の買い物に付き合っていただけませんか？』であったのだ。

「あ、あの、なぜこんなことを？」

「んー？　僕がシャルロットに頼んだんだよ。君と二人っきりになりたいってね」

爽やかに微笑まれて、うっかりそうかと流しそうになったが、目の前にいるこの男は、未来の大量殺人鬼である。

シャルロットも一緒ならばともかく、密室に二人きりという危うい状況に、どうしたってマリオンは警戒心と恐怖を抱く。

だが突然帰るというのも、上級生であり圧倒的に地位が上であるセルジュに失礼であるし、魔術師としての格から言って、物理的にも逃げ出せるとは思えない。

「……ふふっ！　久しぶりだね！　君のその恐怖で歪《ゆが》んだ顔」

表に出さぬようにしていたが、気付かれていたらしい。マリオンは小さく震える。

「初めて会ったときもそうやって、君は僕を恐怖に満ちた目で見ていたよね？　どうして？」

おそらく入学式のときのことだろう。どうやらセルジュはそのことがずっと気になっていたらしい。

彼は人から羨望《せんぼう》以外の感情を向けられることなどほとんどないため、これまで会ったこともないのに妙に自分に怯える下級生が気になったのだろう。

どうりであの日、やたらと目が合ったわけである。

「ねえ、マリオン。どうして君はそんなに僕に怯えているんだい？」

だからそれはあなたが未来の大量殺人鬼であり、精神病質者《サイコパス》であることを知っているからです。とも言えずマリオンの目が宙を泳ぐ。

「僕さあ、人当たりいいほうだし、君に怯えられるようなことした記憶がないんだけど」

その言葉には絶対に『今は、まだ』という注釈が付くはずだ。

マリオンの頭が恐ろしい勢いで回る。なんとか誤魔化《ごまか》さなければ。

彼の不興を買えば、それだけ死が近づく気がする。

「……夢を、見たんです」

そこでマリオンは、前回の生のことを夢の話にすることにした。

実際にそれらはまだ発生していないことであり、存在していないことだ。

つまりは夢と定義付けしても、間違いではないだろう。

「ふうん。どんな夢？」

「……あなたがたくさんの人を、そして私を殺す夢です」

するとセルジュの目が、楽しそうな輝きを宿した。

夢の中で自分が大量殺人鬼だと言われてなぜ喜ぶのか。やはり理解不能な男である。

「へえ、なるほど。――アランブール子爵令嬢は、それを予知夢ってやつだと思ったの？」

実際に経験した、などと言ったところで信じてもらえないだろう。

ならば予知夢ということにしてしまったほうがいいと判断し、マリオンは小さく頷《うなず》いた。

「安心してほしいな。僕は人を殺すつもりなんてないよ」

困ったように笑うセルジュ。これまた『今は、まだ』という注釈がつきそうだが、確かに夢の中とはいえ人殺しと言われて、肯定する人はいないだろう。

実際に彼の手は、まだ血に汚れてはいない。

「だって殺す理由がないし。それに人を殺したら色々と後始末が面倒そうだろう？　人の死体を完璧に隠すのは、結構難しいんだよ」

「…………」

だが人を殺さない理由が、世間一般の常識的なものから若干ずれている気がするのは気のせいか。

「デュフォール会長はわざわざそのことが聞きたくて、私と二人きりになったんですか？」

これ以上この話題を続けたくなくてそうマリオンが言えば、セルジュは心外だと言わんばかりの顔をした。

「そんなわけないじゃないか。僕は君とデートがしたいんだ」

「デート……？」

そんな『やだこの子鈍い……』みたいな哀れみの表情をしないでほしい。

確かにセルジュが自分に気があるようなそぶりをしていることは、マリオンだってちゃんと気付いている。

だが彼には、本命のシャルロットがいるのである。

大量殺人を犯し、己の命を擲ってまで救おうとした、愛しい少女が。

だからこそセルジュがマリオンにかまうのは、シャルロットを嫉妬させるためなのだろうと考えていたのだ。

そしてマリオンもまた、シャルロットとセルジュをくっつけようと、色々と画策していたのに。

——まあ、全くもって何の進展もないが。

「あの、デュフォール会長？」

「セルジュと。そう名前で呼んでくれ」

「そんな恐れ多い……」

自分で言って、何やらどこかで聞いたくだりだな、と思う。

ああ、そうだ。シャルロットと出会った頃のことだ。立場は真逆であったけれど。

今思えば、なかなか難易度の高いことを押し付けていたのだな、とマリオンは反省する。

遥かに身分が上な人間からそんなことを言われても、困ってしまうだろう。今の自分のように。

「君とはもう一年近くの付き合いになるっていうのに、未だに姓と学生の間だけの役職名で呼ばれている僕って、なんだか可哀想じゃない？」

「ですがデュフォール会長……」

「だからセルジュだってば。そう言わないと今日はお家に帰してあげないよ？」

何やら訳のわからない脅しがきた。冗談だと思うが、妙に目が据わっていて怖い。

なんせ彼は追い詰めれば何をするかわからない、精神病質者《サイコパス》である。マリオンはあえなく屈した。

「……セルジュ様」

その名を呼ぶだけで、酷く緊張してしまうのはなぜだろう。

するとセルジュは、実に嬉しそうに、甘く蕩けるような笑みを浮かべてみせた。

オーギュストの首をすっ飛ばしたときもこんな顔をしていたなぁなどと思い、思わずマリオンは遠い目をしそうになる。

「なんだいマリオン？」

一気に距離を詰められ、ついでに彼も名前呼びになってしまった。

「いえ、なんでもありません」

何やら返事が棒読みになる。だって彼に名前を呼ばれると、やたらと心臓が忙しないのだ。

これは恐怖によるものか、それとも違う何かか。

それにしてもこれまでセルジュがマリオンに対してだけ、周囲に見せる王子様然した態度ではなく、どこか性格の悪い本性をちらつかせてきたのは、マリオンが彼の本性に気付いていることを、察していたからだったようだ。

そんなやりとりをしているうちに、ゆっくりと馬車が速度を落とし、やがて停まった。

「おや、着いたようだね」

「ええと、ここは……？」

セルジュにエスコートを受けながら馬車を降りると、そこは明らかに高級そうな服飾店《ブティック》であった。

一見では絶対に入店できなそうな雰囲気を醸《かも》し出している、重厚な店構えだ。

「マダムアントワーヌの店だよ。前から僕の服を作ってもらっているんだ」

それを聞いたマリオンの目は、点になった。

全くもってお洒落に興味のないマリオンですら、その服飾師の名は知っている。

それは何年先も予約で埋まっているという、超人気服飾店《ブティック》の店長の名前であった。

マリオンの生家であるアランブール子爵家などでは、とても手が出ない超高級店だ。

死ぬ前に一着でも彼女に仕立ててもらいたいと、お洒落好きな母がうっとりとした目で語っていたことを思い出す。

そんなお店をセルジュは日常使いしているという。さすがは公爵子息である。

(それはともかくとして、なぜ私は服飾店《ここ》に連れてこられたの……？)

セルジュも舞踏会《プロム》用の衣装でも作るのだろうか。

こんなところに連れてこられても、マリオンはお洒落に非常に疎《うと》く、助言のひとつもできそうにないのだが。

頭の中を疑問符でいっぱいにしながらも、マリオンはセルジュに導かれるまま店へと入る。

店内はしっとりと落ち着いた上品な空間で、色とりどりのドレスや靴が美しく並べられていた。

服飾のことなど小指の先ほどもわからないマリオンであっても、これらのドレスが素晴らしい品であることは、なんとなくわかる。

するとおそらく店主であろう、これまた美しく妖艶《ようえん》な黒髪の女性が、店の奥からやってきて恭しく一礼する。

マリオンの母と同じくらいの年齢であろうが、華やかに着飾り、美しく化粧をしている彼女はずいぶんと若々しく見えた。

「いらっしゃいませ。この度はご来店いただきありがとうございます」

「ああ、マダム。突然すまないね」

「いえ、デュフォール様のためですもの。いくらでも時間を作らせていただきますわ」

そしてマダムはうっとりとセルジュを見上げる。きっと彼にどんな服を着せようか、着想《インスピレーション》が次々に浮かんでいるのだろう。

なんせセルジュは、非の打ち所がなく美しい男なのだ。

これだけ素材が良ければ、どんな服でも着こなすに違いない。

そして彼がその衣装で公《おおやけ》の場に出れば、それはすぐに流行となるだろう。

(つまりは歩く広告塔ってことよね)

よってマダムがセルジュを特別に扱うのは、当然のことだ。

「それで、今日はどの様なご用命でしょうか？」

「ああ、彼女に、卒業舞踏会《プロム》用のドレスを作ってほしいんだ？」

「まあ！」

「はい？」

マリオンを見てマダムは歓喜の声を上げ、マリオンは疑問の声を上げた。

「ちょっと待ってください、デュフォール会長！　私にはドレスを作っていただくような理由がありません！」

「こら。セルジュと呼ぶ約束だろう？　マリオン」

「くっ！　セルジュ様！　なんでこんなことを？」

「んー？　なんでだろうねえ。ああ、もちろんお金は僕が出すから安心してね。アランブール子爵家に請求をするなんてことはないよ。君は何も気にせず大人しく採寸を受けて、僕の着せ替え人形になってくれればいいんだ」

そしてまたしても良き素材を見つけたと、目を輝かせているマダムに様々な布を当てられ、様々なドレスを着せられる。

その様子を見て、セルジュはああだこうだと細《こま》やかに指示をしている。

もちろんそれらの内容は、お洒落にまるで興味のないマリオンの耳を右から左にすり抜けていくだけである。何を言っているのかさっぱりわからない。

長い時間を拘束され、ようやくドレスの形や色が決まり、疲れ果てたマリオンが半ば魂《たましい》を口から飛ばしていると、突然セルジュが彼女の前に跪いた。

気がつけば周囲から店員の姿が消えていた。やたらと気の利《き》く皆様である。

ここまできたら、鈍感なマリオンとて、彼に何を言われるかわかっていた。

セルジュがマリオンの手を取って、その甲に触れるだけの口付けをする。

「ねえ、マリオン。どうか僕の舞踏会《プロム》のパートナーになってはくれないか？」

いつもどこか飄々《ひょうひょう》とした顔をしているセルジュが、珍しく真面目な顔をしていた。

卒業舞踏会《プロム》におけるパートナーは、家族や婚約者や恋人、そして想い人であることが多い。

つまりセルジュのパートナーになるということは、自分が彼のそれらのどれかに該当する立場になる、ということだ。

ほんの少しだけ、マリオンに触れるセルジュの手が震えていた。

彼にも緊張という機能がついていたのだな、などと思わずマリオンは現実逃避する。

――――本当にいったい全体、なぜこんなことになっているのだろう。

「……セルジュ様は、シャルロットがお好きだったのではないのですか？」

だからこそ、あんな惨劇を起こしたはずなのだ。

それなのになぜ、マリオンをパートナーにと望むのか。

「は？　なんでそうなるの!?」

するとセルジュが驚き、心底意味がわからないといった顔をした。

「だっていつもシャルロットのことを、気になさっているじゃありませんか」

「……おや、マリオン。それは嫉妬をしてくれているのかな？　嬉しいなあ」

「違います」

とんでもない勘違いをされたくないと、マリオンはスパッと切り返した。

「即答!?　酷いな！」

セルジュはわざとらしく悲しむふりをした後、肩を竦めて口を開いた。

「……シャルロットは僕の妹だよ。腹違いのね」

初めて知る真実に、マリオンは目を大きく見開く。

「さすがに異母妹に恋心を抱くことはないかな。シャルロットはあくまでも家族だ」

言われてみれば確かに、彼らはその身に纏う色合いがとてもよく似ていた。

金をそのまま溶かしたような、輝く髪。底の見えない湖のような、深い青色の目。

(でも全然気がつかなかった……！)

むしろなぜこれまで気付かなかったのか。二人の雰囲気があまりに違うからか。マリオンは己の鈍さに愕然とする。

シャルロットがどこぞの貴族の落胤《らくいん》であろうことは、なんとなく推測していたのだが、まさかセルジュの異母妹だったとは。

どうりで彼らの間に、気安い空気があったわけである。それは異母兄妹であったからか。

(ああ、それならセルジュ様の気持ちが、もっと理解できるかもしれない)

マリオンは基本的に、他人に対する興味が薄い人間である。

だがその一方で、両親や弟妹のことは心から愛していた。

弟も妹もこんな変わった姉を慕い、定期的に手紙をくれる。

まあ次期当主であるしっかり者の弟からの手紙は、やたらと小言が多いけれど。

よってしたこともなければ興味もなく想像もつかない恋愛感情よりも、家族愛のほうがマリオンには想像がしやすかったもし可愛い弟妹が誰かに酷い目に遭わせられ、その命までも落としたとしたら。

（絶対に許せないわ……）

マリオンだってありとあらゆる手を使って、その相手への復讐を考えるだろう。

だから同じようにセルジュも、可愛がっていた妹を無惨に失い、あんな事件を起こしたのだ。

（しかも自死、だものね……）

自ら命を絶った者は、神の赦《ゆる》しを得られず、天国の扉は開かれない。

本当に酷い話だと思う。辛く苦しい思いをして、死した後も救われないだなんてあんまりだ。

前の生におけるシャルロットの境遇を思い、思わずマリオンの視界が潤んだ。

今ならば、セルジュの気持ちがよくわかる。

可愛い弟妹のためならば、マリオンだってなんだってしてやりたいと思う。

まあ、さすがに殺人遊戯《デスゲーム》を催したりはしないだろうけれど。

セルジュのことを精神病質者《サイコパス》だなんて決めつけて、申し訳なかった。

ただ彼は妹の復活を願う、優しい兄だったというのに。

——あの惨劇を繰り返してはだめだ。なんとしてもこの兄妹を救い、幸せにしなければ。

セルジュの話を聞いたマリオンは、そんな誓いを新たにする。

「マリオン……？」

思い詰めた顔をしたマリオンを心配したのか。セルジュが彼女の手を引き、そこに置かれていた長椅子へと座らせる。

そしてぽつりぽつりと、自分たち兄妹のことを話し始めた。

「……シャルロットは父が、身分の低い娼婦《しょうふ》との間に作った子供なんだ」

貴族は基本的に、女遊びをするのなら高級娼婦を呼ぶのが普通だ。

彼女たちは没落した貴族令嬢であったり、元上流階級の娘であることが多く、高い教養と知性を持っている。

だがその一方で、何人もの貴族の顧客を抱えているが故に、客に変わった性癖などがあると、それらの情報が他の客を通して広まってしまう恐れがあった。

なんせ暇な貴族連中にとって、噂話は何よりの娯楽なのだから。

よって歪んだ性欲を満たしたい貴族が、あえて身分の低い娼婦を買うことが度々あるらしい。

おそらくシャルロットの母も、そういった娼婦の一人だったのだろう。

「ただの性欲の捌《は》け口が子供を孕んだところで、父がその子を認めることはない」

貴族は平民を、自分たちと同じ人間とは思っていない節がある。

セルジュの父であるデュフォール公爵は、良くも悪くも貴族らしい感性の持ち主なのだろう。

結局デュフォール公爵家の血を引きながら、シャルロットは母親のもと、花街で生まれ育つことになった。

やがて寒波で母を亡くした彼女は飢《う》えた状態で、一縷の望みをかけて父親が当主を務めるという公爵家に向かったらしい。

だがもちろん冷たく門前払いされ、このままもう死ぬしかないとその場でうずくまっているところを、異母兄であるセルジュが発見して拾った。

シャルロットのこれまでの人生を思い、マリオンの胸がまた酷く痛んだ。

「見るからにうちの家の血を継いでいることはわかったし、それなりの魔力も持っていた。あの寒波の中で一人生き残ったのも、持っている魔力が治癒に特化していたからだろう。だからこのまま見捨てるのはもったいないなあって思ったんだよね」

（……もったいないって、あんまり人間に対して使う言葉じゃないわね……）

セルジュの言葉の選択がいちいち不穏なのは、いったいなぜなのか。

そうしてセルジュはシャルロットを拾い、公爵家に長年仕《つか》える、信頼できる使用人の養女とした。

そして密かに己の個人財産から養育費を払い、使用人の妻に養育させたのだという。

その際、シャルロットには公爵家の血を引くことは一切口外しないことを誓わせた。

「父や母が知ったら、殺されかねないからね。あくまでも使用人の養女でいたほうが、そして平民でいたほうが、シャルロットにとって安全だと思ったんだよ」

婚外子が実子として貴族家に受け入れられることは、ほとんどない。

神は、正当な婚姻《こんいん》のもとで生まれた子供しか認めないからだ。

信仰の深いこの国において、非嫡子《ひちゃくし》とは家の恥でしかない。

「でも一人の人間が育っていく過程を見るのは、結構楽しかったな」

「…………」

これまたまるで植物の観察日誌のような感想である。もう少し他に表現はないのか。

まあ、見守っていたということなのだろうと、マリオンは自分を納得させた。

公爵家の血を濃く継いでいるシャルロットは、優秀な頭脳と強い魔力を持っていた。そう、魔術学院に入学できるほどの。

「本当は魔術学院への入学を前に、適当な貴族の養子に入ることもできたんだ。だがシャルロット自身がそれを拒否した」

悲惨な目に遭うとわかっていながら、シャルロットは平民のまま学院に入ることを選んだのだ。

「意地のようなものだったのかもしれませんね……。シャルロットは強い子ですから」

デュフォール家以外には入りたくない、という意地もあったのだろう。だが、たぶんそれだけではない。

『どうして入学前に、貴族の養女にならなかったの？』

少し前にマリオンは、シャルロットにそう聞いたことがあった。

彼女の美貌と実力があれば、後見につきたいと考える貴族は少なからずいたはずだ。

だがシャルロットは笑って答えた。

『私が平民のまま魔術学院に入り卒業できれば、似たような境遇にある後進に道を作ることができると思ったんです』

平民でも、魔術師になるという夢が見られるようになればいい、と。

そう言ったシャルロットが、マリオンには酷く眩《まぶ》しく見えた。

あえて志を持ち茨《いばら》の道を選ぶ人間が、この世界にはいる。

シャルロットの心の強さに、改めてマリオンは感嘆する。

だが前回の生において、そんな彼女の志や夢は、選民意識の強いくだらない連中のせいで、無惨に打ち砕かれることになった。

「……シャルロットは私が守ります。この身に代えても」

そのためにマリオンは、時を遡ったのだから。

シャルロットさえ守りきれば、セルジュがその手を血に染めることはないはずだ。

するとセルジュは、にっこりと笑った。

彼の笑顔は美しいのだが、見るたびに転げ落ちる首を思い出し、マリオンは背筋が凍る。

たぶん心的外傷《トラウマ》なのだろう。

「父が平民の血を継いだシャルロットをデュフォール家に入れることはないだろうね。だから僕が当主になったら、いずれは彼女を妹として、我が家に受け入れたいんだ」

それは簡単なことではないだろう。分家などの周囲からの反発も大きそうだ。

それくらいに貴族の家は、己の血統に誇りを持っている。

実子とするよりも、魔力の強さを理由に養女として受け入れるほうが、圧倒的に簡単だ。

だがセルジュはそれを望んでいない。あくまでも実子としてシャルロットを受け入れるつもりだ。これまた茨の道である。

「それはいいですね。シャルロットを馬鹿にしていた連中の、絶望的な顔が見られそうで楽しみです」

だがマリオンはそれを肯定した。

今まで見下していたシャルロットが、自分より遥かに身分が上である公爵令嬢になるのだ。

きっとそんな奴らの顔は見ものだろうと言えば、セルジュも楽しそうに笑った。

まあ、シャルロットが実際にその提案を受け入れるかどうかはわからないが。

「そこで君には、僕のパートナーになってほしいんだ」

「？」

そこからあまりに話が飛躍したため、思わずマリオンは首を傾げてしまった。

「……僕との婚姻を望むご令嬢が多くてね。でも彼女らは絶対にシャルロットの存在に理解を示さないだろう？」

「なるほど、つまり私は女避けということですね」

下手なご令嬢をパートナーに選び、収拾がつかなくなるのは困る。

だが妹とはいえ公表はできず、まだ平民の身分であるシャルロットをパートナーに選べば、彼女への周囲のあたりはさらに厳しくなる。

だったら一応貴族であり、一年の首席であり、彼の事情に理解のあるマリオンが彼のパートナーの座を前もって埋めてしまうのが、現状一番差し障りがないということか。

それならば理解ができるとマリオンが頷いたところで、セルジュが妙な顔をした。

「だから僕はさ、結婚するならシャルロットを受け入れてくれる女性がいいんだ」

「それはそうですね。私もシャルロットには幸せになってもらいたいので。ぜひ気立てのいい優しいご令嬢をお探しくださいませ」

するとまたセルジュが妙な顔をした。いったいどうしたというのだろう。

「すごいね！　君への言葉の通じなさは！」

「どちらかというと、理解力はあるほうだと自負していたのですが」

するとセルジュは呆れたような顔をして、深いため息を吐いた。

彼のこんな顔は珍しくて、マリオンはしみじみと見入ってしまう。

「シャルロットの言う通り、確かにこれは難攻不落だ……」

どうやらセルジュでも、思い通りにならないことがあるらしい。世界は広いなぁとマリオンは思う。

「うん、とりあえず今はそれでいいや。だから僕のパートナーになってくれる？」

「……はい、それならお受けいたします」

シャルロットのため、と言われればマリオンに拒否する理由はなかった。

一度でも公爵家の後継であるセルジュのパートナーになれば、色々箔《はく》も付くだろうし。

するとセルジュがマリオンの手を取り、その甲に口付けをした。

今度は触れるだけではなく、強く押し付け、吸い上げ、さらには舌先で軽く舐められた。

さすがに驚いたマリオンが、顔を真っ赤に染め上げて手を取り戻せば、セルジュは酷く楽しそうな顔をして笑った。


「昨日はごめんなさい、マリオン様……！　セルジュ様からどうしてもマリオン様を舞踏会のパートナーに申し込む機会が欲しいと言われてしまって……！」

翌日学院へ行ってみれば、シャルロットに悲痛な顔で平謝りされた。

勝手にセルジュと二人きりにされて、少々腹が立ったのは確かであるが。今となっては必要な時間であったと思う。

「セルジュ様から聞いたわ。あなたたち兄妹だったのね」

おそらくシャルロットはセルジュに沈黙を命じられて、これまで言えずにいたのだろう。

「……はい。もちろん異母兄妹とはいえ私には下賤《げせん》な血が流れていますので、セルジュ様とは立場が違いますが。セルジュ様には子供の頃からよくしていただいたんです。ですか口止めしていたセルジュ本人が口外しているのなら、問題ないということだろう。

シャルロットはそう言って、困ったように笑って言った。

「……誰がそんなことを言ったの？」

だがマリオンはシャルロットの言葉に、腹が煮《に》えくり返りそうなほどの怒りを感じた。

自分を表す際に『下賤』などという言葉がすんなりと口から出てくるということは、その言葉が日常的に彼女に対して向けられていたからだろう。

少なくともセルジュではない。彼はシャルロットを見下したりはしない。

なんせ彼は自分以外の人間を、等しくどうでもいいと思っている人間だから。

(だとしたら、公爵家の使用人だとかいう、シャルロットの養父母かしら)

セルジュは信用できる使用人にシャルロットを預けたと言っていたが、それは本当だったのか。

「……私はこうして生きていられることだけでも、学べる場を与えてもらえることだけでも、本当に恵まれているんです」

シャルロットはマリオンの質問に明確には答えなかった。だがマリオンは察した。

シャルロットが預けられた使用人は、セルジュいわく代々デュフォール家に仕えてきた信用できる人間だという。

それはつまり公爵家にとって、信用ができる相手ということだ。

非嫡子ごときが、下賤の血が流れた者が、デュフォール家を名乗ろうなどと考えるな。拾ってもらえただけでも、命があることだけでも、ありがたいと思え。

おそらくシャルロットは公爵家に忠実である養父母から繰り返しそう言い聞かされながら、そして自尊心を叩き潰されながら生きてきたのだろう。

「ねえ、シャルロット。私、あなたのことが大好きよ」

突然のマリオンの言葉に、シャルロットが目を大きく見開く。

「だから自分のことを下賤だなんて言わないで。悲しくなってしまうわ」

するとみるみるうちにシャルロットの大きな目に涙が浮かび、ボロボロと溢れる。

自分はシャルロットを泣かせてばかりだと、マリオンは笑う。

自分だけではない。セルジュだってシャルロットを大切に思っているだろう。

なんせセルジュは彼女のため、未来でとんでもない大事件を引き起こすのだから。

「あなたのことが大好きな、私の言葉を信じてちょうだい。あなたはちゃんと価値のある素晴らしい人間よ」

するとシャルロットはマリオンに抱きついて、子供のように声を上げて泣いた。

マリオンは彼女が泣きやむまで、その細い背中を優しく摩り続けた。

「す、すみません……」

ようやく泣きやんだシャルロットが、ずびずびと鼻を啜りながら詫びる。

だが彼女と腹を割って話せたことで、マリオンも満たされた気持ちになった。

これまで人付き合いを煩《わずら》わしいと思っていたが、好ましく思う相手であればちっとも気にならないし、時間を割くことも感情を割くことも、喜びでしかないと知った。

自分は前の生で、やっぱりずいぶんともったいないことをしていたようだ。

「私はあなたに幸せになってほしいのよ。シャルロット」

そう声をかければ、またシャルロットは目を潤ませて微笑んだ。

「私、マリオン様のおかげで、今、人生で一番幸せです」

いずれセルジュが当主になれば、シャルロットはもっと報われるはずだ。

シャルロットが、そしてセルジュが幸せなら、あの惨劇は起こらないはずだ。

「それで……マリオン様はセルジュ様のパートナーになられるんですか？」

やはり異母兄のことが気になるのだろう。シャルロットが恐る恐る聞いてきた。

「ええ。どうやら彼、女避けが必要らしいのよ。私ならちょうどいいでしょう？」

するとそれを聞いたシャルロットが、不可解そうな顔をした。全く兄妹揃ってなんだというのか。

「え？　セルジュ様がそうおっしゃられたのですか？」

「ええ。パートナーはシャルロットの存在に理解のある女性がいいのだそうよ。だから他の女性には言い寄られたくないそうなの。大切に思われているわね。シャルロット」

セルジュがいずれ、シャルロットを受け入れてくれる心優しく偏見のない女性と出会うまでは。

彼らのために舞踏会《プロム》のパートナーくらいいくらでもやってやろうと、マリオンは意気込んでいた。

そのため「え？　セルジュ様って案外奥手で意気地なしなの……？」などとシャルロットがしきりに首を傾げていることには気付いていなかった。

◇◇◇◇

そしてやってきた、セルジュの卒業式。

マリオンは一年の在校生代表として、式典に参加していた。

来賓の中にはセルジュの父である、デュフォール公爵閣下もいた。

（……ああ、やっぱりシャルロットに似ているわね）

金の髪に濃い青の瞳という色彩だけではなく、顔立ちそのものがシャルロットによく似ていた。もちろん彼のほうが鋭く傲慢そうな雰囲気を纏っているが。

どうやらシャルロットは父親似であったらしい。そしてセルジュはおそらく母親似なのだろう。

これだけ似ていれば、シャルロットと血のつながりがあることは疑いようがないはずだ。

だが公爵はシャルロットを、自分の娘として認めなかった。

それは貴族として、むしろ普通の感覚なのかもしれない。

平民との間の非嫡子など、彼にとってなんの価値もない存在なのだろう。

（……シャルロットにはなんの罪もないのに）

どうしてあんなにも清廉《せいれん》で努力家な可愛いあの子が、不当に貶められなければならなかったのか。

マリオンは、その何もかもに納得ができなかった。

やがて卒業生代表として、学院を首席で卒業したセルジュが壇上に立つと、デュフォール公爵は誇らしげな顔をして息子を眺めていた。おそらく自慢の息子なのだろう。

セルジュが堂々と答辞を終え、周囲から拍手が沸き起こる。

マリオンも顔を上げ、壇上にいるセルジュを見ようとした。——そのとき。

来賓席にいるデュフォール公爵と、目が合ってしまった。

それまで息子を誇らしげに見ていた表情とは別人のようだ。まるで害虫を見るような苦々しい目で、マリオンを見やる。

どうやら息子のセルジュとマリオンが交際しているという、学院内部にまことしやかに流れる噂を知っているようだ。

そしてそれを認められないと考えているのだろう。

たかが子爵家の令嬢ごときが、公爵家の後継に近づいていること自体、烏滸がましいと思っているに違いない。

学生の間だから、おままごとのようなものだから、今はまだ口を出してこないだけで。

まあマリオンだって、彼に頼まれたから恋人役をしているだけだ。よってそんなふうに凄《すご》まれる筋合いはない。

ちなみに学院内でその噂を流した犯人は誰かわかっている。当のセルジュである。

一応は軽く頭を下げるような仕草をすると、マリオンはそのまま視線を壇上へと戻した。

すると今度はそこにいるセルジュ本人と目が合った。どうやら彼はマリオンの姿を壇上から見ていたらしい。

目が合った瞬間に彼がにっこりと嬉しそうに笑ったので、周囲がざわめいた。

それを無視するのもなんとなく憚《はばか》られ、マリオンは小さく手を振った。一応は恋人ということになっているらしいので仕方がない。

卒業の式典後、夕方から行われる卒業舞踏会《プロム》の準備のため、マリオンは一度アランブール子爵家の王都別邸へと戻る。

そして昨日セルジュから送られてきたドレスと装飾品一式を見て、ひとつ大きなため息を吐いた。

マリオンの髪に合わせたのだろう、最高級の絹で作られたそのドレスは鮮やかな赤一色で、明らかに人目を引きそうだ。

さらには大きな青玉《サファイア》を中心にして、金剛石《ダイヤモンド》が散りばめられた首飾りに、やはり大きな涙型に切り出された青玉の耳飾りまで付いている。

（やっぱりこれは、やりすぎだわ……）

偽装恋人に贈る物にしては、明らかに度を越えている。

マリオンが所有しているドレスや宝飾品全てを合わせても、この衣装一式の値段には遠く及ばないだろう。

時間に猶予《ゆうよ》があったのならセルジュに突っ返しただろうに、それがわかっているからか、代替品を用意できない日程ぎりぎりに送りつけてくるあたりも、抜かりのない彼らしくてなんとも腹立たしい。

「マ、マリオンちゃん！　どういうことなの……？　これ、マダムアントワーヌのドレスよね。しかもデュフォール公爵家からって……」

社交の季節に合わせて本日王都にやってきたばかりの両親も、それらを見て泡を吹いている。

「……その……実は今、デュフォール公爵家のご子息と、懇意《こんい》にさせていただいていて」

それを聞いた父が白目を剝《む》いて倒れそうになっている。その気持ちはわかる。

学院という特殊な環境下にいるせいでつい忘れがちになるが、本来セルジュはマリオンよりも、遥かに身分が上の人間なのだ。

わかりやすく言えば、王族の次に偉い人である。

「今回の卒業舞踏会《プロム》でパートナーになってほしいって言われて……」

とうとう小心者の父が心労で倒れた。大丈夫だろうか。

能天気な母は「さすがは我が娘……！」と言って誇らしげにしている。

そしてその背後にはブラシを手に、顔を輝かせながら待っている侍女ナンシーがいる。

今回舞踏会《プロム》に出ることが決まってすぐに、両親に彼女も一緒に別邸に連れてきてほしいと手紙を出しておいたのだ。自分を飾り立ててもらうために。

「私はマリオンお嬢様の可能性《ポテンシャル》を信じておりました……！　きっと学院で素晴らしい貴公子を引っかけてくるであろうと……！」

「………そう」

女避けとして一時的に彼のパートナーになるだけなのだが、家族はすっかりマリオンがセルジュの恋人だと認識している。

だがうまく説明することもできず、マリオンはそのままナンシーに身を委《ゆだ》ねた。

まあ恋には別れがつきものだ。そのうち振られたという体裁を取ればいいだろう。

張り切ったナンシーに盛りに盛られて、気がつけば姿見の中には煌《きら》びやかなご令嬢がいた。

元々の目鼻立ちが派手なせいで、少々高慢そうに見えるが、きっとこれくらいのほうが舐められなくていいだろう。

なんせセルジュは、この国で間違いなく地位も見た目も一番の独身男性である。

若干中身がひとでなしなことを除けば、完璧な結婚相手なのだ。

今回パートナーになることで、間違いなくマリオンは周囲から妬《ねた》み嫉《そね》みを受けることになるだろう。よって強そうに見えるに越したことはない。

やがてマリオンが準備を終えた頃、堂々とデュフォール公爵家の紋章を掲げた馬車が、アランブール子爵家別邸の玄関に乗りつけてきた。

アランブール子爵家の王都別邸は、庭園すらない小さな屋敷だ。よって来客があれば、近隣にある他の貴族の別邸から丸見えとなる。

(……たぶんわざとね)

これでマリオンとセルジュの関係についての噂が、社交界に一気に広まることだろう。セルジュの思惑通りに。

(ちょっと安請け合いしすぎたかもしれないわ……)

今頃になってマリオンは、あのときの判断を少し後悔をする。

たかが魔術学院の卒業舞踏会《プロム》で、こんな大ごとになるとは思っていなかった。

馬車から降りてきた盛装姿のセルジュは、眩《まばゆ》いくらいに美しい。

母がその姿にうっとりと見惚れている。一方その隣にいる父は相変わらず顔面蒼白《がんめんそうはく》だ。

「初めまして、アランブール子爵。セルジュ・デュフォールと申します」

美しく礼をするセルジュは、全く臆《おく》することなく堂々としている。

その迫力に呑まれ、父は何も言えずに口をパクパクしている。父よ、どうかもう少し頑張ってほしい。

「ご令嬢をお迎えに参りました。しばしお預かりしてもよろしいでしょうか？」

「ど、どうぞ……！」

「………」

　父よ、やっぱりもう少し頑張ってほしい。完全に言いなり、かつ片言になっているではないか。

　セルジュに手を差し伸べられ、マリオンはひとつ小さく息を吐くと、そこに己の手を重ねた。すると彼が蕩けるような微笑みを浮かべる。

　いつものようにマリオンの背筋に悪寒が走ったが、母や侍女はきゃあと黄色い悲鳴を上げた。

　背中に家族や使用人からの、熱い視線を感じる。

　おそらくこのまま玉の輿《こし》に乗ることを、期待されているのだろう。

　だが申し訳ないがその期待は裏切ることになる。なんせマリオンはただの偽装恋人なのだから。

「愉快なご家族だね。こう、人の好《よ》さそうな感じの」

　セルジュが小さく吹き出した。楽しんでいただけたのなら幸いである。マリオンは思わず遠い目をした。

彼が身につけている黒を基調にした礼服には、襟や袖に赤い糸による刺繍《ししゅう》が入っている。

おそらくマダムアントワーヌに依頼して、マリオンの髪や衣装に合わせたのだろう。

さらに彼の耳とカフスには、空色の石が飾られている。

これは、マリオンの空色の目を意識しているのだろうか。

そしてマリオンは己の装飾品を見て、ふと気付いた。やたらと使われている青玉は、セルジュの目の色であることを。

(ふむ。たぶん、そういうものなのね)

パートナーとして出席するのだ。おそらく互いの色を身に纏うのは礼儀《マナー》のようなものなのだろう。

全くもって俗なことに興味がなく疎いマリオンは、そう勝手に結論付けた。

学院内にある大広間。かつてセルジュが己の首を落とし命を絶ったその場所は、今や華やかに飾り付けられた、舞踏会《プロム》会場になっていた。

セルジュと共に入れば、その場の視線が一気に集まる。

もはや人々の好奇の視線にも慣れてしまったマリオンは、気にせず周囲を見渡してシャルロットの姿を探した。

「ああ、シャルロットなら来ないよ。衣装を用意するからどうかと誘ったんだが、行きたくないと断られてしまってね」

「……そうですか」

確かにマリオンがそばにいられない以上、シャルロットにこの場は厳しいだろう。

そもそも男女の組み合わせでなければ参加できないのだ。シャルロットに近しい男子生徒など、セルジュしかいない。

「つまり残念ながら君は、この舞踏会の間、僕のそばにいるしかないってことだね」

少し落胆していると、セルジュに耳元で囁かれ、腰を抱かれて引き寄せられる。

まるで本当の恋人同士のような距離で、マリオンの心臓がやたらと忙しない。気を抜けば腰が砕けそうだ。

「ふふ。耳が真っ赤だ。かわいいね」

そしてセルジュは、マリオンの耳朶《じだ》をそっと唇で食《は》んだ。

(ひいっ……！)

叫ぶわけにもいかず、マリオンは必死に堪える。この男、いったい何を考えているのか。

やがて会場に音楽が流れ始め、皆がダンスを踊りだす。

マリオンは迫力ある見た目のせいで誤解されがちだが、実はあまり身体能力が高くない。

一応は貴族令嬢として最低限のダンスの心得はあるが、辛うじて恥をかかずにすむ程度のものだ。

不安になりながらもセルジュに導かれるまま、ダンスの輪に加わると体を寄せ合って踊る。

やはり距離が近い。互いの呼吸の音すら聞こえてしまいそうだ。

「……マリオン。ものすごく綺麗だ」

熱を感じそうな視線で言われ、何やらマリオンの喉が詰まる。

「セルジュ様も素敵です」

このままでは父を笑えないと、なんとか必死に言葉を紡《つむ》ぐ。

本当に雰囲気のある男だ。何もかもを委ねたくなってしまうような、圧倒的な魅力。

そしてダンスの技術も素晴らしい。マリオンのおぼつかないステップを見事に補完《カバー》して
心地よく踊らせてくれる。

気がつけばマリオンは、楽しく踊ってしまった。

身体能力は低くとも、体を動かすことは嫌いではない。

音楽が終わり、セルジュがマリオンの背中を支え、大きく反らせる。

胸を突き出すような形になってマリオンの美しい体の曲線が露《あら》わになり、周囲から感嘆のため息が漏れた。

何やら恥ずかしくなったマリオンが慌てて身を起こそうとすると、セルジュの唇が降りてきて、彼女の唇を奪った。

「…………っ！」

あまりに自然に行われたそれに、マリオンは何が起きたのか理解できず、大きく目を見開く。

――柔らかく、温かな感触。

作り物めいた美貌と理解不能な精神性のせいで、彼のことをどこか自分とは違う人間のように感じていたのだが。

セルジュの温もりに、彼もまた間違いなく自分と同じ人間なのだと、そんな当たり前のことを今更ながらマリオンは再確認した。

永遠にも思えるような短い時間の後、セルジュの唇が名残惜しげに離れる。

そして照れたように笑う彼に、周囲からまた黄色い悲鳴が上がった。

「……何をなさっておられるのですか？」

「ん――？　牽制」

なんとか気を立て直し、睨《ね》めつけながら低い声で必死に苦情を言ったのに、よくわからない回答が返ってきた。

賢いはずの彼と、たまに会話が繋がらなくなるのはいったいなぜだろう。

それからセルジュはまたマリオンを強く抱きしめた。緊張のあまり体が硬直する。

彼の女避けになることはかまわないが、このままではマリオンの貞操観念が周囲から疑われてしまう。

「セルジュ様！　いい加減になさってください！」

「え――？　嫌だ。柔らかいしいい匂いがするし」

まさかの否である。しかもマリオンの髪に顔を埋めて匂いを嗅いでいる。

ここで攻撃魔術のひとつやふたつ喰《く》らわせたいが、残念ながら魔術師としてもセルジュのほうがマリオンより圧倒的に格上でどうにもできない。

一応防御魔術を展開してみたが、あっさり一瞬で解除されてしまった。

「うーん。マリオンの防御壁は前方は硬いけど、側面が少し脆《もろ》いんだよね。もう少し構成を練り直したほうがいいよ」

しかも魔術構成の駄目出しまで喰らってしまった。これだから天才は嫌だ。

膨れっ面をしつつ、頭の中で必死に魔術構成を練り直していたら、マリオンの肩に顎《あご》を乗せたままのセルジュが小さく吹き出した。

「マリオンは本当に魔術が好きなんだねぇ」

もちろん好きだ。好きどころか愛している。人生をやり直すことになるまで、魔術はマリオンの全てだった。

「嫉妬しちゃうなあ……」

(なぜ……!?)

やはりセルジュの言葉は、時々マリオンには理解ができない。マリオンのどこに嫉妬する要素があるというのか。

その後、ご機嫌取りのようにセルジュから魔術についての話題を振られて、供された飲み物や軽食を取りつつ、二人で壁沿いに並んで会話をする。

「防御魔術、セルジュ様ならどんな魔術構成にしますか?」

「うーん。僕ならそもそも魔力の経路を変えて正六角形にするかな。この形に魔力を流せば平面を隙間なく埋めることができるから強度も上がるし、多角形の中でも最大面積を取れるからね」

「なるほど……!」

「使用魔力も少なくてすむから、おすすめだよ」

やはり天才であるセルジュとの会話は、勉強になる。

夢中になって話していたら、気がつけば舞踏会《プロム》が終わっていた。

結局セルジュは舞踏会の間中、マリオンから一切離れず、彼女以外の誰とも踊らなかった。

そうすることで明確に、マリオンが己の想い人であることを周囲に知らしめたのだ。

こうしてマリオンがセルジュの恋人であることは、公然たる事実となってしまった。

そのことに気付いていないのは、彼から与えられた新しい魔術の知識にホクホクしている、危機感のないマリオン本人だけであった。

行きと同じように、帰りもセルジュが馬車で送ってくれた。

「最近己の身体能力の低さに絶望し、身体強化魔術を研究しているんです」

「そうだねえ。マリオンは見た目によらず案外鈍臭いもんね」

「真実は時に人を傷つけるんですよ、セルジュ様。言葉を選んでください。それで魔力で筋肉を増強させようと思っているんですが、後遺症が酷くて」

「そうだねえ。それはただの筋肉痛だと思うよ。マリオンはもう少し生身で運動をしたほうがいいと思うな」

「運動は好きじゃないんですよね……。魔術でなんとかするからこそ魔術師ですよ」

「それと筋肉だけではなく、関節や腱の強化もしなくちゃだめだよ。身体強化魔術は人間の体の仕組みをよく考えてかけないと。一部だけを強化したら周囲が損傷を受ける場合もあるからね」

「なるほど。勉強になります」

馬車の中でマリオンは、ひたすら魔術について熱く語っていた。

好きなことに対して語りが止まらなくなるのは、熱烈な愛好家《オタク》共通の傾向である。

だがセルジュは嫌な顔ひとつせずに、ところどころで的確な指摘や突っ込みを入れつつマリオンの話を聞いてくれた。

夢中になって話していたら、これまたあっという間に自宅に着いてしまった。

馬車が停まり、マリオンが座席から立ち上がったところで、セルジュの腕が伸びてきて彼女の体を捕らえる。

「え……？　んんっ！」

強く引き寄せられて、体勢を崩しセルジュの胸に倒れ込むと、指先で顎を上げられて、そのまま唇を重ねられた。

「んんっ、んっ！」

しかも今度は触れるだけの優しいものではなく、顎を手で押さえつけられて、わずかに開いてしまった唇に舌をねじ込まれてしまった。

セルジュの舌先が、マリオンの口腔《こうこう》内を執拗に探る。

歯をなぞり、喉奥をくすぐり、怯えて竦む舌を絡められて。

呼吸すらも奪われるような激しい口付けに、やがてマリオンの思考がぼやけ、己の内側を他人に晒すこの行為を、どこか心地よく感じ始めたところでようやく解放された。

酷く腰のあたりが気怠くなって、思わず座席にへたり込んでしまったマリオンを、セルジュが楽しそうに見つめる。

「どうしてこんなことを……？」

女避けならば、確かに衆目がある中で多少いちゃつく必要があるだろう。

だが二人きりのときまで、こんなことをする必要はないはずなのに。

「僕は優しいから、もう少しだけ猶予をあげよう。マリオン。他にもまだ片付けなくてはいけないことが、色々あるしね」

セルジュが笑ってそう言った。だが彼の目は全く笑っていなかった。

薄暗さを感じるその視線に、マリオンの体にまた何やら冷たいものが走る。

自分が何か重要なことを見逃しているような、どこか落ち着かない気持ちだ。

「――送ろう」

マリオンの脱力した体をセルジュが腰を抱き寄せて支え、玄関まで連れて行ってくれる。

彼のしっかりとした筋肉を感じ、マリオンの心臓が忙しなく動く。

そしてセルジュは別れ際に、そっとマリオンの耳元で囁いた。

「それじゃあね、マリオン。どうして僕が君にこんなことをするのか、その賢い頭でよく考えてごらん」

第三章　人はそう簡単には変わらない

そしてセルジュは無事、王立魔術学院を卒業していった。

マリオンとシャルロットもまた、無事に二年生に進級した。

卒業したセルジュが校内にいなくなったことで、マリオンはこれまでになく平穏な日々を送ることとなった。

元々揉め事が嫌いすぎて、地味を装っていた人間である。

特に何も起きない日々の幸福を、嚙《か》み締めているところだ。

セルジュの恋人だと周囲に認識されたことで、その座を巡ってこれから血で血を洗うような展開になるのではないかと、若干の心配と少々の期待をしていたのだが。

これまでのマリオンの行動により、特に誰も何もしてこなかった。

マリオンはその美貌と圧倒的な成績と負けん気の強さで、未だに特権クラスの女帝として君臨しており、相変わらず皆彼女を恐れて何も手を出してこない。

やはり恐怖や力は全てを解決するのかもしれない……などと時に人間としていけないことを思ったりしている。

むしろセルジュくらいの人物でないと、マリオンの相手はできないのではないか、などとまことしやかに囁かれているらしい。勘弁してほしい。

（でも、警戒を解いてはいけないわ）

前の生では二年次の終わりに、男たちに乱暴されたシャルロットは自ら命を絶った。

今のところ彼女は元気に日々を送っており、かつて垣間見た、この世の全ての不幸を背負ったような悲痛な横顔の面影はない。

だがこの先は、何が起こるかはわからない。

なんせ彼女を害した同級生はオーギュスト以外、未だ同じ教室にいるのだから。

そのためマリオンは研究の上編み出した防御魔術を、自分とシャルロットにせっせと重ねがけをして、万全を期している。

天才であるセルジュの監修のもと改良した防御魔術だ。よほどのことが起きない限り突破することはできないはずだ。――さらには。

「護身術を習いに行くわよ、シャルロット」

「……護身術、ですか？」

「そう、私もあなたもあまり攻撃魔術が得意じゃないでしょう？　身を守る術はできるだけ多く持っておきたいのよ」

「さすがマリオン様！」

接近戦では、魔術よりも剣のほうが強かったりする。

魔術を構成する際に、どうしても時間がかかるからだ。

まあ瞬間的に魔術を構成するような、セルジュのようなとんでもない化物もいるが。

「ちなみに体型《スタイル》もよくなるらしいわ」

「絶対に行きます……！」

そうしてマリオンはシャルロットと学院の体術の講義を受け、肉体強化にも勤《いそ》しんだ。

魔術師はどうしても魔力に頼りすぎて、体力が心許ないことが多い。

よって今、学院全体で取り組んでいる試みだ。

確かに身体能力も、高めておくに越したことはないだろう。瞬間的に襲ってきた相手に対応するためにも。

体の動かし方を学べば、身体強化魔術も展開しやすくなるはずだ。

これはセルジュにもう少し体を動かせと指摘されたからではない。たぶん。

ちなみにマリオンはシャルロットと同時に護身術を習い始めたが、シャルロットの身体能力は非常に高く、マリオンはあっという間に置いていかれることになった。辛い。

そして卒業したセルジュは頻度《ひんど》こそ少々落ちたものの、未だに頻繁《ひんぱん》にマリオンに会いに来る。

彼は公爵家後継としての仕事もしつつ、宮廷魔術師としても働いているため、日々忙しく過ごしているはずなのだが。

そんな中でも、わざわざ仕事の合間を縫って、学院までマリオンに会いにくるのだ。

セルジュに卒業舞踏会《プロム》で色々とされたことを思い出し、彼と会うときは危険回避のため常にシャルロットに同席してもらっている。

彼は何やら物言いたげな視線をこちらに向けてくるが、マリオンはなんとか必死に躱《かわ》している。

なぜなら彼の問いに対する答えを、まだ見つけていないからだ。

「セルジュ様はなぜこんなにも頻繁に、私に会いに来られるのかしら……？」

いつものように中庭でシャルロットとお茶をしている際、マリオンは思わず困った顔でそんなことをこぼしてしまった。

するとそれを聞いたシャルロットは、怪訝《けげん》そうな顔をした。

「……ええとマリオン様、それってまさか、本気で言っておられます？」

マリオンを崇めている彼女にしては珍しく、呆れたような言い種だ。

「セルジュ様も大概捻《ひね》くれていらっしゃるとは思いますが、あんなにもあからさまに特別扱いされているのに……？　さすがの私もちょっとセルジュ様が可哀想になってきました」

どうやらシャルロットは、セルジュがマリオンに対し恋心を持っていると考えているらしい。何やら哀れみの表情を浮かべている。

「それは違うわ。前にも言ったと思うけれど、セルジュ様は女避けのために私を利用しておられるだけよ」

「…………はあ」

なんだろう。その気のない返事は。シャルロットのために頑張っているのにと、マリオンは少々切ない気持ちになる。

いずれセルジュがシャルロットの存在を受け入れてくれるような、優しいまともな女性を見つけるまで。

人目のあるところでいちゃいちゃして、偽物の恋人を演じるのがマリオンの役割である。

「だから私たちは、本当の恋人同士ではないのよ」

なぜかセルジュは人目のないところでも、やたらとマリオンに触れようとしてくるが。

するとシャルロットが額《ひたい》を指で押さえ、「そんな話をまだ信じておられるとは……」「鈍いにも程が……」等々小声でぶつぶつと言ったのち、苦悩するように眉間に皺《しわ》を寄せて口を開いた。

「……あの、お話を伺うに、たぶんそれ、マリオン様の解釈がそもそも間違っているのだと思います」

「……え？」

「だって私の存在を受け入れてくれる貴族女性なんて、たった一人しかいないじゃないですか」

そしてシャルロットがまっすぐに、マリオンを見つめる。

そう、間違いなくシャルロットを受け入れると確信できる貴族女性が、一人だけいる。

「セルジュ様のおっしゃった理想の相手というのは全て、マリオン様のことを指しておられるのだと思いますよ」

「…………え？」

冷静なシャルロットの言葉に、マリオンはこれまでのセルジュとのやりとりを反芻《はんすう》する。

「つまりセルジュ様は、マリオン様自身を妻にと望んでおられるのではないですか？」

そう考えてみれば確かに、全ての辻褄《つじつま》が合ってしまう。マリオンの顔が、一気に熱くなった。

「こ、困るわ……！」

「どうしてですか？」

「だって明らかに家格が釣り合わないでしょう？　子爵家の令嬢ごときを妻にしたいなんて、公爵閣下がお許しになるわけがないもの」

卒業式典の際の、公爵閣下の冷たい目を思い出す。

現状はまだ『恋人』にすぎないから、目溢しされているだけだとマリオンは知っていた。もしこのまま本当に婚約などの具体的な未来の話が出てきた場合、あらゆる手を使って妨害及び阻止されるだろうことも。

「そこはセルジュ様が、愛の力でなんとかしてくれそうな気もしますが」

それはマリオンも少し思った。

なんせセルジュは、その気になれば手段を選ばない男だから。

「愛でどうにかできるほど、世の中甘くないわ。身分違いの恋は、悲劇しか生まないもの」

そのことは誰よりも、シャルロット自身が知っているはずだった。

公爵と平民の娼婦との間に生まれたシャルロットは、娘として認めてもらえなかった。

(だってデュフォール公爵家って、この国でも有数の超名門なのよ)

なんせすでに亡くなったセルジュの母である公爵夫人は、降嫁《こうか》した王女であり、現国王陛下の王妹殿下でもある。

だからこそ余計に、非嫡子であるシャルロットの存在は徹底的に秘されたのだろうとマリオンは考えている。

なんせ元王女である公爵夫人の不興を買えば、デュフォール公爵でもただではすまないだろうから。

そんな王女が降嫁するような家に、一介の子爵令嬢が嫁げるわけがない。

マリオンは両手で顔を覆い、深いため息を吐いた。

「それに前にも言ったけれど、そもそも私は結婚自体をするつもりがないのよ」

シャルロットを救い、セルジュを更生させたら、残りの人生は宮廷魔術師として魔術に一生を捧げる所存である。

「うう……やっぱり何度聞いても人類の大いなる損失です……！」

シャルロットが天を仰《あお》いで嘆《なげ》いた。

相変わらず何やら大袈裟《おおげさ》なことを言っている。

「……それに実はマリオン様がセルジュ様と結婚してくださったらいいな、なんてことをこっそり身勝手に願っていたので、少し寂しいです」

おそらくシャルロットは今が幸せで、今の環境を壊したくなくて、そんなことを考えたのだろう。

セルジュとマリオンが結婚すれば、シャルロットもまた、その近くにいられると。

「きっとセルジュ様は、私なんかよりずっと素晴らしい女性を見つけるわよ」

「それでも私は、マリオン様がよかったんです……」

しょんぼりするシャルロットが可愛い。そして、そんなふうに思ってもらえることが嬉しい。

「シャルロットったら。学院を卒業したって私たちは友達でしょう？」

「マリオン様……！」

マリオンは手を伸ばし、シャルロットの柔らかな髪をよしよしと撫でる。

まともな子供時代を過ごしていないからか、シャルロットは子供扱いされるとむしろ喜ぶ。

「あなたがどうなっても、私がどうなっても、私たちの関係は変わらないわ」

「――っ！」

するとシャルロットは小さく嗚咽《おえつ》を漏らしながら、ぽろぽろと涙をこぼし始めた。

「……指摘してくれてありがとう。シャルロット。今度セルジュ様にお会いする機会があったら、色々と答え合わせをしてみるわね」

『どうして僕が君にこんなことをするのか、その賢い頭でよく考えてごらん』

やっとあの夜のセルジュの問いの答えが、出た気がした。シャルロットの力を借りて、本当にようやくだが。

今度会ったのなら、はっきりと聞いてみよう。マリオンのことをどう想っているのか。

本人のいないところで彼の心を推《お》し量《はか》ったところで、結局正しい答えは出てこないのだから。

そしてもし本当にセルジュがマリオンのことを女として求めているのなら、それを受け入れることはできないと、はっきり伝えなくてはいけない。

できるだけ早い段階でその感情の芽を摘んでおけば、傷は浅くてすむはずだ。

だがその瞬間のことを考えると、酷くマリオンの心が痛んだ。

傷つけるとわかっている言葉を紡ぐのは、酷く苦しい。

渦巻く感情を落ち着かせるように、ひとつ深く息を吐く。

「……それにしてもセルジュ様も、本当に私に想いを寄せてくださっているというのなら、もっとわかりやすく素直に伝えてくだされぱいいのに」

「そこは捻《ひね》くれ者なセルジュ様ですからね……。あれで結構面倒な方なんですよ」

異母妹による容赦のない人物評価に、マリオンは小さく吹き出し笑ってしまった。

だがその答え合わせをする機会を得られないまま、セルジュはぱたりと学院に姿を見せなくなった。

――彼の父であるデュフォール公爵が、突然命を落としたからだ。

この国の三大公爵家のひとつであるデュフォール公爵の死に、国中が騒然とした。

病死と発表されているが、つい最近まで彼の健康そうな姿が度々目撃されており、自殺か暗殺かなどと、様々な憶測が飛んでいる。

「どうして……!?」

その情報を知ったマリオンもまた、混乱した。

(……おかしい、私の知っている未来と違う)

どんなに前の生での記憶を振り返っても、あの惨劇《デスゲーム》の以前に公爵が亡くなったという記憶がないのだ。

最期の瞬間までセルジュは、公爵子息にすぎなかったはずだ。

(何かが原因で、未来が変わってしまったということ……?)

マリオンが関わらないことで、未来が変わったのはオーギュストの件以来二度目だ。

前回にない数多のマリオンの行動によって引き起こされた、蝶効果《バタフライエフェクト》というものなのだろうか。

だが前回と今回ではすでに違うことが多すぎて、もはやどれが原因かもわからない。

共にその情報を聞いたシャルロットは、泣くでもなく、ただ困ったように眉を下げた。

父親を亡くしたはずなのに、目に見える動揺はなかった。

「なんというか、びっくりするほど何も感じないんです。悲しくもなければ、辛くもなくて。……私の中であの方は、もうどうでもいい人だったのかもしれません」

一度も自分のことを娘だと認めなかった父親。確かにそんなものは、下手をすれば他人以下だろう。

「……冷たい人間ですね。私」

「あなたが伸ばした手を、先に振り払ったのは公爵閣下でしょう。当然のことよ」

マリオンがはっきりとシャルロットの気持ちを肯定してやれば、彼女は少し安堵したように笑った。

結局セルジュには会えないまま、学院は夏の長期休暇に入った。

シャルロットは養父母に呼ばれてデュフォール公爵領へと帰っていき、マリオンもまたいつものようにアランブール子爵領にある屋敷《マナーハウス》へと帰った。

時間を遡ってから、もう一年半近くが経っていた。

マリオンは前回よりも、遥かに濃い日々を過ごしていた。

面倒なことは嫌いだったはずなのに、面倒なことだらけの今生のほうがずっと充実感があった。そして何よりも、今の自分のほうが、圧倒的に好きだった。

そうして実家で家族に囲まれながら、マリオンは二度目の十八歳の誕生日を迎えた。

「お誕生日おめでとう！　マリオン！」

家族から祝福され、幸せな気持ちになって。

そしてその日をもって、マリオンの平穏な日々が突然終わりを告げた。

「マ、マリオン……！　大変よ……！」

家族でのささやかなお祝いの晩餐《ディナー》の最中、まるでそれに合わせるようにデュフォール公爵家からマリオンへの誕生日祝いの品と、求婚書が届いたのだ。

楽しい晩餐会が、一気に緊迫の雰囲気に包まれた。

求婚書は新たにデュフォール公爵家当主となったセルジュが、マリオンとの婚姻を望んでいるという内容だった。

どうやらシャルロットの言う通り、セルジュがマリオンに想いを寄せていることは事実であったらしい。

身分違いだと理解している上で、それでもマリオンを妻として望んでいるという。

誕生日の贈り物だという青いベルベット張りの小さな箱に収まっていたのは、大粒の真珠がついた指輪だった。

この国において、真珠は金剛石よりも希少であり高価だ。

うっかり値段を想像してしまったマリオンは、そのまま後方に倒れそうになった。

ちなみに気弱な父は求婚書が届いた時点で、とっくに意識を失っていた。

デュフォール公爵家子息が娘の恋人だという話は聞いていたものの、現実の話として目の前にしたら重圧に耐えられなくなってしまったらしい。

父よ、一家の長として、もう少し頑張ってほしい。

代わりに求婚書の中身を確認してくれたのは、しっかり者の母であった。

家格が近い相手であれば、断るという選択肢もあっただろう。

だがこれほどまでに高位の家格の家からの求婚であれば、それはもうほぼ命令と同義である。

(でもいきなりなぜこんなに強引なことを……？)

マリオンは不安に駆られる。いったい彼に何があったのだろう。

父親の喪中だというのに、結婚を急がなければならない理由でもあるのか。

(……まさか、逆だとしたら？)

マリオンの頭の中に、ふとそんな疑惑が落ちてきた。

セルジュの卒業式での態度を鑑《かんが》みるに、デュフォール公爵は息子の恋人であるマリオンに対し、明らかにいい感情を持っていなかった。

よってマリオンはセルジュがどれほど自分のことを想おうとも、公爵閣下がいる限りあくまで偽装の関係であり、本当の恋人同士になることはないだろうと考えていた。

――だからこそセルジュが、この婚約のため邪魔となる父親を殺害したのだとしたら。

そして父という障壁《ストッパー》を排除したからこそ、すぐに動き出したのだとしたら。

綺麗に辻褄が合ってしまうことに、マリオンは震え上がる。

(私と結婚するために実の父親を殺すなんて、さすがにないと思うけれど)

だが普通なら『有り得ない』で笑ってすむ妄想が、あの男に限っては『有り得る』のだ。

セルジュは倫理観の欠如した、とんでもない人格破綻者だから。

（……私の考えは、甘かったのかもしれない）

今の彼はまだ罪は犯していない。確かにそれはそうだ。

殺人遊戯《デスゲーム》による大量殺人は、まだ一年以上先のことだ。

よって彼の手は、まだ血で汚れていないはずだ。

理不尽に妹を失ったからこそ、彼はあんな行動に出たのだから。

ならば今の彼はまだ正常であり、そばにいても大丈夫だろうと、マリオンは判断していたのだが。

セルジュがもとから、目的のためなら他人を殺すことにも自分を殺すことにも躊躇がない、精神病質者《サイコパス》であったとしたら。

邪魔な人間を処分することに抵抗などないだろう。それがたとえ自分の父親であっても。

人の性質は、残念ながらそう簡単には変わらない。

そう考えたら、マリオンの全身に寒気が走った。

（……いいえ、まだ彼が殺したと決まったわけではないわ）

ただその可能性があるというだけで、なんらかの証拠があるわけではないのだ。

勝手に彼の犯行だと決めつけるわけにはいかない。

これ以上ないほどの条件のいい求婚書が来たというのに、青い顔をして俯いてしまったマリオンに、家族もまた不安そうな顔をする。

マリオンがどんなに嫌がったとしても、この求婚を断ることはできない。

デュフォール公爵家を敵に回せば、アランブール子爵家などあっという間に取り潰されてしまうだろう。

「ご、ごめんなさい。結婚せずに宮廷魔術師として生きていくのが子供の頃からの夢だったから、突然のお話にびっくりしてしまって……」

マリオンはなんとか顔を微笑みの形にすると、家族にそう言い訳をした。

実際自分は結婚をするつもりはないと常々家族に言っていたので、それで家族は納得してくれたようだ。

「……マリオンちゃん。本当はあなたの意志を尊重してあげたいのだけれど……」

申し訳なさそうに言う母に、マリオンはもう一度笑う。今度は先ほどより、少しマシに笑えた気がする。

「逃れられない縁談ならば、仕方がありません。私も貴族の娘ですもの。それなりに覚悟はしています。――ですが」

だがそれでも、どうしても諦めきれないことがあった。

「どうか婚約期間を多く取って、結婚は私が学院を卒業した後にしていただきたいと、デュフォール公爵家と交渉してほしいのです」

マリオンは卒業まで、なんとしてもシャルロットを守らなければならないのだ。そのためにこれまで頑張ってきたのだから。

マリオンが結婚を機に学院を退学することになれば、間違いなくシャルロットの立場は一気に悪化するだろう。

時を遡る前の二の舞になる可能性も高い。

それだけはシャルロットのためだけではなく、セルジュのためにも絶対に避けなければならなかった。

「……どうか、お願いします」

「わかった。できる限りのことはしよう」

ようやく意識を取り戻したマリオンの父は、求婚書に対する応諾の手紙をデュフォール公爵家へ送った。

ただし結婚は、マリオンの王立魔術学院の卒業後にしてほしいと強めに願い出た。

セルジュはそれを快諾。もとよりそのつもりであったとの返事があった。

『父の喪が明ける頃でもありますし。ちょうどいい頃合いでしょう』

そこに自分とシャルロットへの気遣いを感じ、マリオンは心底安堵した。――だが。

「セルジュ様が新学期になったらマリオンを、デュフォール公爵家の王都別邸で預かりたいとおっしゃっておられる」

「…………はい？」

「公爵家の女主人となるために、婚約の段階から学んでほしいことがたくさんあると……」

「…………」

まだしばらく猶予はあるだろうと思ったら、これである。やはりあの男は甘くなかった。

確かにマリオンが公爵家の女主人になるには、教養も礼儀作法も家政の知識も何もかもが足りないことは確かであるが。

「それってお断りすることは……」

「すまない。難しいと思ってくれ……」

「ですよね」

父の悲痛そうな顔に、マリオンは屈した。

これまでどれほど気安くしていたとしても、セルジュは今や公爵閣下であり、この国で王族に次いで尊い地位にいるのだ。

子爵家の令嬢ごときが、我を通せる相手ではない。

「わかりました。では来学期からデュフォール公爵家にお世話になります」

前回と今回で、あまりにも未来が変わってしまった。おそらくはマリオンのなんらかの行動によって。

(なんでこんなことになってしまったの……？)

だが自分の何がそんなにもセルジュの興味を引いたのか、全くわからない。

これはいい方向に進んでいるのか、それともさらに悪い方向へと進んでいるのか。

未来など本来知らないことが当たり前なのに、マリオンは不安でたまらなくなってしまった。

それから十日ほど経ち、夏季休暇の終わりが近づいた頃、セルジュ本人がアランブール子爵領までやってきた。

婚約に際し両親への挨拶、婚約の締結及び婚約者となるマリオンの回収のために。

父親を亡くしたばかりのはずの彼は、特にやつれた様子もなく、いつも通りの姿だった。

それがまた、マリオンを酷く不安にさせる。

近しい家族を亡くしたばかりだというのに、こうも何も変わらず普通にいられるものだろうか。

父と公爵家当主となったセルジュとの間で、無事婚約は結ばれた。

持参金もアランブール子爵家の負担にならない程度の金額で、破格の条件であった。

マリオンの立場からすればこの上ない良縁であり、玉の輿であるはずなのに。

「やあ、マリオン。僕の未来の妻よ。迎えにきたよ」

戯《おど》けたようにそう言って、差し伸べられた手が恐ろしくてたまらない。

なんせこの人はこの手で、人を殺《あや》めたばかりかもしれないのだ。

むしろなぜ今まで自分は、平然と彼と過ごしていられたのだろう。

震える手をセルジュの手に重ねれば、逃がさないとばかりにぎゅっと握られ、マリオンの体が小さく跳ねた。

「それではマリオン嬢をいただいていきます」

にっこりと微笑むセルジュは、宗教画にある天使の姿そのものである。

両親も弟妹も、魂が抜けたような顔で彼を見つめながら、ガクガクと頷いた。

「次にお会いするのは、結婚式になるかと」

「はい。娘をよろしくお願いいたします。どうか……」

その続きは、『幸せにしてやってください』か、それとも『大切にしてやってください』か。

どちらにせよ、捉え方によってはデュフォール公爵家に対する不敬や侮辱になりかねない。

よって愛情深い父はその先の言葉を飲み込むと、ただ深く頭を下げた。

学院にいる間はそれほど気にならなかった身分の違いを、目の前に突きつけられた形だ。

マリオンは、市場に送られる家畜のような気分だった。

おそらくこの家にはもう二度と帰ってこられないという、どこか確信めいた思いがあった。

――――ここから先の道は、一方通行なのだと。

セルジュに手を引かれるまま、馬車の中へと連れて行かれる。

そして背後で馬車の扉が音を立てて、閉められた瞬間。

マリオンは、己が囚われの身になったことを確信した。

「ねえマリオン。どうしてそんな不安そうな顔をしているんだい？　……僕といるのに」

セルジュが手を伸ばし、マリオンの頬をそっと包みこむように触れる。

むしろその『僕』といるから怯えているのである。

人を殺したかもしれない男と密室に二人きりになって、不安を感じない人間はいないと思うのだが。

もちろんそんなことは口に出せないため、マリオンはただ黙り込む。

「僕との婚約が、そんなにも嫌なのかい？」

不服そうに続くセルジュの言葉に、マリオンの背筋が凍る。

もし彼が本当に父親を殺していたとしたら、婚約者を殺すことにもきっとなんの抵抗もないだろう。

彼の不興を買ってしまったら、おしまいだ。「嫌」だなんて言えるわけがない。

マリオンはなんとか口元だけでも微笑みの形にすると、ゆっくりと頭を横に振った。

「……ですがどうして突然セルジュ様は、私と結婚しようと思われたのですか……？」

彼に言い寄られていたらしいことは、この前のシャルロットとの会話でようやく自覚した。

だが具体的な彼の気持ちは、未だ聞いていなかったからだ。

それがマリオン自身を望むものであれば、もう少し前向きに彼との婚約を考えられるかもしれない。

「んー？　君を一生僕のそばに置いておきたいから、かな。君といると楽しいから」

やはり気に入られていることは確かなようだ。

愛する人として、というよりは何か別のものに対する言い方のようだが。

「そうするために一番いい方法は何かと考えたら、やっぱり結婚かなと」

「…………」

望んだ答えのような、そうではないような。なんともいえない返答だった。

「これでもう君は、僕から逃げられない」

そしてセルジュからにっこり笑いながら吐き出された言葉が、もう絶望的である。

「いやあ、やっぱり権力と金があるっていいね。欲しいものはなんだって手に入るし、こうして君を捕まえることも、簡単にできるんだからね」

けれどその権力と金を得るために、彼がその手を血に染めていたとすれば。

そしてその動機が、ただマリオンと結婚するためだとしたら。

自分自身にも罪があるような気がして、マリオンは酷い胸苦しさを覚えた。

馬車が動き出すと、セルジュはマリオンの手を引っ張り、己の胸元へと抱き込んだ。

深い青の目でじっと見つめられると、不思議と腰から力が抜ける。

「やっと僕のものだ」

ふふ、と耳元で笑う声が怖くて仕方がない。ときめきよりも恐怖で、マリオンの心臓は高鳴った。

「――んっ」

するとセルジュの唇が降りてきて、マリオンの唇を包み込むように食む。

何度も啄《ついば》むように触れられ、思わず唇が緩んだところで、その間に舌をねじ込まれた。

「んっ、んんっ」

呼吸さえも許されないくらいに、執拗に口腔内を貪《むさぼ》られ、やがて酸欠で頭がぼうっとしてくる。

マリオンの下腹の奥が、ぎゅうっと引き絞られるように甘く疼く。

どうやら圧倒的な魔力を持つセルジュに対し、本能的に体が屈服してしまったらしい。

怖くてたまらないのに、このまま彼に体を委ねてしまいたいという欲望が湧き上がる。

潤む視界でセルジュを見上げれば、彼は酷く嗜虐的な顔をして笑っていた。

「ふふ、そんな蕩けた顔も可愛いね」

これ以上のことをされてしまうのかと不安になったが、セルジュはそれ以上マリオンに触れることはなく、ただ彼女を膝に乗せたまま馬車を走らせた。

やがて辺りが薄暗くなってきたところで、経由地として大きい街に入ると、早めに宿を取った。

この街一番の高級宿だというそこは、まるで貴族の屋敷のような風情の建物だった。

セルジュの身分を知り、一気に低姿勢になった宿の主人に最上階にある最もいい部屋へ案内されると、彼は突然のようにマリオンをも部屋に連れ込んだ。

どうやらセルジュはマリオンのために、別の部屋を取るつもりはないらしい。

広い部屋の真ん中には、明らかに一人で寝るには大きな寝台が置かれている。

おそらく夫婦用の部屋なのだろう。

これからどうなってしまうのかと、マリオンは震える。

「さて、長い移動で疲れたよね」

これはこのまま寝かせてくれる流れかと、マリオンがわずかに期待したところで。

どん、とセルジュに胸元を押され、そのまま寝台に倒れ込む。

「…………え?」

寝台に沈み込んだマリオンの上に、セルジュが乗り上げる。

そしてマリオンの両手を頭の上でまとめて押さえつけると、そのまま口付けをしてきた。

間抜けにも開けてしまった口に、またしても容赦なく舌を差し込まれる。

いやらしい水音を立てながら、散々マリオンの口腔内を嬲《なぶ》り、マリオンの着ていたドレスの金属フックを外し始める。

このままではいけないと、手を拘束されているマリオンは必死に首を横に振って、なんとか彼の唇と舌から逃れた。

「ちょっと待ってください！　あまりにも……！」

婚約が成立したからといって、手が早すぎる。マリオンは慌てた。

「まだ結婚していないのに……！」

「うん。結婚自体は待ってあげるけど、逃げられるのは嫌だからね」

そしてセルジュは片手で器用にマリオンのドレスを脱がしてしまうと、その下に着ていたコルセットにも手をつけ始めた。

だが体の形にきっちりと編み上げられているコルセットは、器用なセルジュであっても手間取ったようだ。

わずかに苛立《いらだ》った表情を浮かべると、指先に鋭い風を纏わせ、コルセットの編み紐を全て切ってしまった。

一気に胸元が緩くなり、身を守る鎧《よろい》が失われ、マリオンの肌が粟立つ。

抵抗したくとも体重をかけられ押さえつけられてしまえば、マリオンにできることなど何ひとつなかった。

あっという間にドロワースも脱がされて、マリオンは生まれたままの姿になる。

その美しい裸身を前に、セルジュは目を細めてうっとりと感嘆のため息を吐いた。

「ああ、マリオン。とっても綺麗だ」

普段ヘラヘラとしていて何を考えているかわからないセルジュが、わりと真面目な顔と声で言った。

「……本当はさ、これも結婚まで待ってあげてもいいかなって思っていたんだけれど」

それはぜひ待ってほしい。

そしてその隙になんとか逃げる方法を――とマリオンが考えたところで。

「絶対に君、逃げる気がするから。やっぱりここで完璧に僕のものになってもらうね」

思考が読まれていたらしく、あっさりとマリオンの淡い期待は打ち砕かれた。

なぜ彼はこんなにも自分に執着しているのか、その理由がわからない。

セルジュの手が、マリオンの体を這い始める。

もちろん他人に素肌を触れられることなど初めてで、くすぐったさに思わずマリオンは身悶《みもだ》えした。

「……綺麗な肌をしているね。すべすべで真っ白だ」

セルジュが嬉しそうに呟く。恐怖と羞恥で思わずマリオンはぎゅっと目を瞑《つむ》ってしまった。

だがそうすると肌を這うセルジュの手のひらの感触が、余計に生々しく感じてしまう。

「んっ……はっ……」

与えられる刺激に不思議と息が切れ、びくびくと体が震えた。

「ずいぶんと敏感だね」

嘲笑うように言われ、ふしだらだと思われているのかとマリオンは思わず泣きそうになる。

すると宥めるようにセルジュの唇が降りてきて、マリオンの顔中に触れるだけの口付けの雨を降らせる。

言葉とは裏腹に、その唇は酷く優しくて。マリオンは混乱する。

(――まるで本当に愛されているみたいだわ)

やがてセルジュの手のひらが、マリオンの豊かな乳房に包み込むようにして触れる。

優しく揉み上げられるうちに、その頂きが色を濃くして硬く勃《た》ち上がり、甘く疼く。

刺激が欲しくて切なげに自己主張しているそこを、セルジュが指先で弾く。

「ひっ……!」

搔痒感《そうようかん》が満たされたような甘い快感に、マリオンが思わず高い声を上げれば、セルジュは敏感なその実をさらに指先で摘み上げ、強めに押し潰した。

そして痛みが快感を凌駕《りょうが》しそうになると、また指の腹で摩《こす》るだけの優しい刺激に切り替える。

「や、あ……っ、ああ……!」

未知の感覚にマリオンは怯え、震える。弄《いじ》られているのは胸だけなのに、なぜか下腹部が熱を持ち、疼く。無意識のうちに勝手に腰が震える。

追い詰められているような感覚に苛《さいな》まれて思わず身を捩《よじ》るが、セルジュに四肢《しし》で寝台に縫い止められ、逃してもらえない。

セルジュの手が乳房を痛くない程度の力で鷲掴《わしづか》みにすると、今度はその頂きに唇を寄せて口に含んだ。

「んああっ……！」

ちゅうっと小さな音を立てながら吸い上げられ、舌で根元から舐め上げられ、さらには歯を立てられて、鼻から抜けたような甘ったるい声が漏れてしまう。

（お腹の奥が熱い……）

下腹部が熱を持ってじくじくと疼く。胸を弄られるたびにその感覚はどんどん酷くなり、マリオンを苛む。

堪えきれないその何かを逃そうと、思わず脚を閉じて内股を擦り合わせようとしたところで、それに気付いたセルジュに腕を差し込まれ、大きく脚を割り開かれてしまった。

普段秘されている場所が外気に触れ、セルジュの前に晒《さら》される。

そこはすでにしとどに濡れており、いやらしくてかっていた。

「ふふ。よく濡れてる。気持ちがよかったんだね、マリオン」

あまりの羞恥に耐えきれず、とうとうマリオンの目から涙がこぼれた。

だがその涙がセルジュの心を動かすことはなく、彼は「しょっぱい」と文句を言いつつその涙を舌で舐め上げるだけだ。

胸を刺激していた手が下へと伸ばされ、そのよく濡れた割れ目へと触れる。

自分でもまともに触れたことのない場所を、セルジュに容赦なく触られて、マリオンの体が衝撃で小さく跳ねる。

「そこ、だめ……！」

思わず上げた制止の言葉は、もちろん無視された。

割れ目の内側を、蜜を纏わせた指先でぬるぬると探られ、やがてマリオンを苛む疼きの中心である小さな神経の塊が、蹂躙者《じゅうりんしゃ》に見つかってしまった。

柔らかな皮に包まれたままのそこを、容赦なく根本から擦り上げられて。

「あああっ……！」

これまでに感じたことのないような強い快感が、マリオンを襲った。

「やっぱり女の子はここが一番好きなんだね。いっぱい弄ってあげる」

マリオンが激しく反応を示したことが嬉しかったらしい。

セルジュは顔を輝かせて、執拗にその小さな陰核を嬲り始めた。

「や、だめ……あ、ああ……！」

擦られ、押し潰され、摘まれるたびに、快楽が蓄積されていく。

「セルジュ様、もう、だめ。助けて……！」

迫り来る何かから逃げたくて、思わずマリオンはセルジュに助けを求める。

すると彼は口を三日月のようにして、ニタリと笑った。

「うん。助けてあげる」

そして痛いくらいに勃ち上がり、真っ赤になった小さなそれを、ぎゅっと強く押し潰した。

マリオンの内側に溜め込まれたものが、一気に弾けた。

「あああああっ……！」

下腹をぎゅうっと内側に引き絞られるような感覚に、腰がガクガクと跳ね上がった。

セルジュはそんなマリオンを強く抱きしめ、その蜜口へと指を差し込む。

何も受け入れたことのないそこは狭かったが、溢れた蜜が潤滑剤となりセルジュの指の侵入をすんなりと許してしまった。

「中がすごくびくびくしてるよ。気持ちがいいねえ、マリオン」

膣壁がうねり脈動するその動きを楽しむように、セルジュは指をくるりと内側で回す。

「っ……！」

引き攣《つ》るような痛みと異物感にマリオンがわずかに眉を顰めると、セルジュが少々つまらなそうに唇を尖《とが》らせた。

「やっぱりまだ中じゃ感じられないよねえ。じっくり慣らしていかないとだなあ」

そしてマリオンの脚の付け根に顔を寄せると、絶頂したばかりで充血した花芯を、舌先でそっと舐め上げた。

「ひあっ……！」

痛みと異物感が、強烈な快感で一気に上書きされる。

「だめです……！　そんなところ……！」

そこは明らかに舐めてもいい場所ではない。マリオンは快感に翻弄されながらも必死に腰を引こうとした。

だがセルジュは空いているほうの手でがっちりとマリオンの腰を押さえ、動けなくする。

そしてその敏感な突起を、唇で挟み、強く吸い上げた。

「――っ！」

まだ絶頂の波から降りきれていなかったというのに、マリオンは声なき声を上げてまた達してしまった。

その間にもマリオンの内側を、何かを探すようにセルジュの指が蠢く。

気がつけばもう、快楽に飲み込まれて、痛みも異物感もなくなっていた。

「んっ……！」

そしてセルジュの指が、手前側にある膣壁をぐっと押し上げたところで、マリオンの口から悩ましい声が漏れた。

陰核に触れられたときとはまた違う感覚だ。どこか切ない、体の力が抜けるような快感。

「見つけた」

またしてもセルジュがにたりと笑ったので、マリオンはぞわりと慄《おのの》いた。

どうしよう。嫌な予感しかしない。

案の定セルジュはその場所を執拗に刺激し始めた。しかも陰核を親指で擦り押し潰しながら。

（これ、だめ……！）

マリオンの腰がカクカクと微かに前後に勝手に動く。

「や、あああっ……！」

堪えきれずにまた達してしまい、同時に生暖かい水がわずかに吹き出してセルジュの手を濡らす。

粗相《そそう》をしてしまったとマリオンは真っ青になり、とうとう子供のように泣きだしてしまった。

「ご、ごめんなさい……！」

「ふふ、謝ることじゃないよ。そういうものだからね」

だがセルジュは、むしろ非常に嬉しそうだ。

なんでもマリオンの体の反応は、何らおかしなことではないらしい。

「んんっ……！」

そこでセルジュはマリオンの中から指を抜いてくれた。安堵する反面、そこに生じた空洞にわずかに物足りなさを感じたところで。

セルジュが一気に己の服を脱ぎ捨てた。

薄暗いランプの灯りの中、白く浮き上がる彼の均整のとれた美しい肉体に見惚れ、――そして。

「ひっ……！」

そこに雄々しく勃ち上がっている、不似合いに大きく生々しい男性器を見てしまい、思わずマリオンは竦んでしまった。

マリオンとて一応男女の交わりについて、概要の知識はあった。

だが現実として目の前にしてみたら、想像していたものとあまりにも違っていたのだ。

それを自分の中に収める、ということ自体が不可能に感じる。マリオンは怯えた。

「大丈夫。入るよ。そういうふうにできているからね」

もちろん残念ながら、初めてのマリオンに配慮するような男ではなかった。

そしてセルジュはマリオンの下腹に手を当てると、小さく何かを呟く。

「……学院を卒業するまでは、避妊魔術をかけてあげる」

彼なりの温情であるらしい。マリオンは安堵する。

さすがに在学中に妊娠するわけにはいかない。

下腹部にセルジュの魔力を感じる。どうやら相性がいいらしく、マリオンの体はすんなりと彼の魔力を受け入れたようだ。

それからセルジュはマリオンの脚を大きく割り開きその上に覆い被さると、未だ蜜を滴らせる蜜口に切っ先を当てがった。

それから無意識のうちに引いてしまうマリオンの腰を両手で押さえつけ、その中へと腰を押し進めた。

「――っ！」

内側を押し開いていく想像以上の質量に、マリオンは呼吸を忘れ、体を強張らせた。

するとセルジュは一度腰を止めて、マリオンの頬をそっと撫でた。

「……力を抜いて。このままじゃ痛いだけだよ」

そんなことは、言われてできるものではない。マリオンが困ったように眉を下げる。

「わあ、何その顔。可愛い」

するとセルジュが笑ってマリオンの眉に口付けた。そしてマリオンの唇にも口付ける。

何度も何度も啄むような口付けを繰り返し、やがて舌が差し込まれ、喉奥に縮こまったマリオンの舌と絡ませられる。

「んっ、は、ああ」

相変わらず口付けの間はうまく呼吸ができない。おそらく鼻で呼吸をすればいいのだろうと頭ではわかっているのだが。

それにしても舌などという重要かつ傷つけられれば危険な感覚器を、あえて相手に委ねるのはいったいなぜだろうか。

優しく触れられているからか、あまり怖いという感覚がない。

セルジュの手がマリオンの胸に触れる。彼に執拗に弄られたせいですっかり快感を覚えてしまったそこは、与えられた刺激にすぐ悦んで硬くなる。

さらに空いているほうの彼の手は、蜜口の上にある、最もマリオンが快感を拾いやすい小さな痼《しこり》へと伸ばされる。

そして限界まで拡げられた蜜口のせいで剝き出しになっているそこを、宥めるように指の腹でさすられた。

それら全てが、マリオンの痛みを散らすために行われていることだ。

(——私の痛みなんて、気にしなくていいはずなのに)

もっと自分本位に獣のように犯されると思っていたマリオンは、不思議に思う。

優しい快感を与えられたことで、自然と体が緩む。そしてセルジュがまた少しずつ腰を進めた。

「んん……!」

意識して体から必死に力を抜く。先ほどと違い、耐えられないほどの痛みではない。

やがてセルジュの腰が、マリオンの脚の付け根に触れた。

「……ほら、全部入ったよ。マリオン」

するとセルジュはマリオンの腰を持ち上げて、あえて彼女に接合部を見せつけるようにした。

あんなに大きな彼のものが、マリオンの中にちゃんと収められていて。

そういうふうにできている、と言ったセルジュの言葉は間違っていなかったのだなと、

マリオンは痛みと快感でぼうっとした頭で、妙に感慨《かんがい》深く思ってしまった。

それにしてもじくじくと痛い。出血もしているのだろう、わずかながら血の臭いがする。

「これでもう完璧に、僕以外とは結婚できなくなってしまったね、マリオン」

マリオンの純潔は失われた。もし今後セルジュと婚約を解消できたとしても、新たに良縁を得ることは難しいだろう。

「痛いかい？」

「……痛いです」

「そうか、じゃあこのまましばらく動かないでいよう」

普段飄々としているセルジュが、言葉とは裏腹に珍しく少し辛そうに見える。

だがそれでも彼は動かないと言う。マリオンのために。

(意味がわからないわ……)

マリオンの意思を尊重することはないのに、マリオンを大切にしているように見える。

「……いいんですか？」

「んー？　この行為が痛くて辛いものとして、マリオンに刷り込まれてしまうのは嫌だからね」

やはり言っている意味がわからない。マリオンは小さく首を傾げた。

まるでこれを、愛ある行為だと言わんばかりだ。

「できればもっともっと気持ちよくなってもらって、最終的には僕がいないと生きていけなくなってしまうのが理想かな」

「…………」

にっこりといい笑顔で伝えられたのは、結局は碌《ろく》でもない理由だった。

つまりマリオンを肉体的な快楽に溺れさせ、自分から離れられないようにしようと考えているようだ。

セルジュを理解しようと思った自分が馬鹿だったと、マリオンは内心頭を抱える。

それからセルジュは動かないまま、マリオンの体を愛撫し始める。

何度も高みに上らされた体は、また与えられた快感を思い出して、みっちりと開かれた膣を蜜で滲ませた。

すると不思議と物足りなくなって、マリオンの腰がわずかながら勝手に揺れてしまう。

それに気付いたセルジュが、一度腰を引き、そして再度押し込んだ。

「ひっ！」

傷ついた場所を擦られる痛みと、それを凌駕する快感。

「うん、もう大丈夫そうだね」

それからセルジュは、容赦なくマリオンを穿《うが》ち始めた。

「ああっ、あ……！」

胎を揺さぶられ、その衝撃に思わず目の前のセルジュの腕に、助けを求めるように縋り付いてしまう。

「わあ！　君から手をのばしてもらったのは、初めてだ」

妙に嬉しそうな声で言われ、さらに激しく腰を打ちつけられた。

（どうしよう、気持ちいい……！）

おそらく魔力の相性がいいのだろう。最高の繁殖相手として、勝手に体が悦《よろこ》んでしまう。すでに彼の思惑通りに進んでいるようで、マリオンは泣きそうだ。セルジュも夢中になってマリオンの体を貪っており、その白い額に汗が浮いている。

「――っ！」

やがてセルジュが一際強くマリオンの奥へと突き込み、息を詰めた。

繋がった場所が、びくびくと脈動を繰り返している。おそらく吐精したのだろう。

「あー、気持ちいい。すごいなぁ、これ」

そしてセルジュはまるで子供のような感想を漏らした。

この国でも有数の頭脳の持ち主が、いったいどうしたというのか。

それからやはり、子供のような顔で笑った。

普段マリオンは彼の微笑みを見ると恐怖に慄いてしまうのだが、今回は不思議とそうはならなかった。

それどころか見惚れてしまい、可愛いとさえ思ってしまった。

（……って、何を考えているの、私……！）

マリオンの頭にも、重篤《じゅうとく》な何かが起きているのかもしれない。

己の危機感のなさに、自分でも呆れてしまう。

セルジュは繋がったままマリオンの上にゆっくりと降りてくると、彼女をぎゅっと抱きしめた。

汗ばんだ肌が触れ合うことが、心地よい。

もしかしたら殺人鬼かもしれない人間の肌が、こんなにも普通に柔らかく温かいなんて。

満たされた気持ちで抱きしめ合って、荒い呼吸を整える。

「……マリオンも気持ちよかった？」

そして耳元でそう問われ、マリオンは困ってしまった。

気持ちよいと答えればはしたない女だと思われそうであるし、かといって気持ちよくなかったと答えれば、さらに激化《エスカレート》して色々と卑猥なことをされてしまいそうで。

「……黙秘します」

間をとって無難にそう答えれば、セルジュが実に不服そうな顔をした。

「ふうん、そういうことを言っちゃうんだ」

何やら不穏な圧を感じ、マリオンは思わず彼から目を逸らす。

なんとかここから逃げ出したいが、相変わらずしっかりと彼に抱きしめられていて難しい。

「そういえばこの前、神経を過敏にする魔術を拷問用に作ったんだ。それを今君にかけたらどうなるかなあ」

くすくすと楽しそうに笑いながら、セルジュは語る。

本来なら、痛みをさらに増幅させるために作られた魔術。

もしその魔術で快感をさらに強められてしまったら。

想像したマリオンは、震え上がった。

今ですら苦しいほどに気持ちがいいのに。これ以上などとても無理だ。

そもそもなぜ拷問用の魔術など、作る必要があったのか。怖い。

「全身がもっと敏感になって、白目を剝いて泡を吹いちゃうかも。そうしたらさすがに気持ちがよかったって言ってくれるかなあ」

「や、やめてください……。もう十分気持ちよかったので……」

怯えきったマリオンに「素直なマリオンは可愛いな」と言ってセルジュは頬ずりする。

もう嫌だこの精神病質者《サイコパス》、とマリオンは思った。

「もちろんマリオンが壊れちゃったら嫌だから、そんなことはしないよ。君が僕から離れない限りね」

「…………」

——とんでもない男に捕まってしまったのだと、マリオンは再認識する。

なぜセルジュはそうまでして、自分をそばに置こうとするのか。

「ねえ、マリオン。僕は君のことをとても気に入っているんだよ。だから僕をあまり怒らせないで」

それはつまり、マリオンはこれから先の人生を、この男の機嫌を取り続けながら生きていかなければならないということで。

思わず目の前が、真っ暗になるような感覚に襲われる。

「僕のそばにいる限り、大切にしてあげるから。いい子にしていてね」

きっと大切の概念が、セルジュとマリオンでは違うのだろう。

セルジュはマリオンのことを、気に入ったおもちゃのように思っているのだ。

所有物でしかないから、その意思を尊重する必要もない。

くしかない。

（……仕方がないけれど、辛いわね）

セルジュとこの先の人生を共にする道しかないのだから、なんとか割り切って生きてい
くしかない。

「……ねえ、マリオンはまだ、僕のことが怖い？」

己の将来を思い、暗い顔をしてしまったからか。セルジュに突然耳元で囁かれ、思わず
マリオンはびくりと体を震えさせてしまった。

そりゃ怖い、怖いに決まっている。

基本的に人間は自分が理解できないものに、恐怖を覚えるようにできている。

「僕、最近君を怖がらせるようなことを、何かしたかな」

現在進行形で、婚約者とはいえ半ば無理やりに性的関係を結ばされているわけだが。

まあそもそも政略結婚というものは、本人の意志とは関係なく行われるものだ。

よってこういったことも、早いか遅いかの違いしかないのかもしれないが。

（それでももう少し猶予は欲しかったわ……）

「婚約者に怖がられるなんて、ちょっと傷つくなあ……」

「…………」

どの面下げてそんなことを言っているのか。マリオンはさすがに呆れてしまった。

これだけのことをして、怖がられずにすむと思っている時点で何かがおかしい。

「あ、もしかしてマリオンは、僕が父を殺したと思ってる？」

図星を突かれて大きく心臓が跳ねた。全身に冷や汗が滲み出る。

確かに今、マリオンがセルジュを怖がっている最も大きな理由は、それだった。

すでにここまで思考を読まれているのなら、もはや誤魔化したところでどうにもならない。

（……そこまで気付かれているのなら、もう仕方がないわ……）

マリオンは開き直った。もうどうにでもなれと思った。なんせ殺そうと思えば、この男は今すぐにでもマリオンの首を飛ばすことができるのだから。

「――違うのですか？」

マリオンは隙を見せぬように、セルジュの目をしっかり見据えて聞いた。

彼から攻撃されたらすぐに対応できるよう、体に魔力を巡らせる。

あの日、オーギュストに対し彼が使った風の魔術をこの目で見て覚えている。

完璧にはいかずとも、たぶん一回くらいなら防げるはずだ。

「どうしてそんなことを言うの？」

セルジュはわざとらしく大袈裟に悲しむ仕草をして、強くマリオンを抱き寄せた。

慌てて防御壁を展開したが、セルジュの指先の動きひとつですぐに破壊され、無効化されてしまう。

——ああ、殺される。

そう思い、マリオンは目を瞑る。自分が死ぬ瞬間など見たくはない。

それから結局ただの一度も彼の攻撃を防げなかったことを、悔しく思った。

(防御魔術には結構自信があったのにな……)

こんなときにまでそんなことを考えるなんて、やはり自分は心底魔術が好きなのだとマリオンは自嘲する。

好きだからこそ、誰にも負けたくなかった。

——天才を前にすると、その全てが無意味だったけれど。

結局残酷な話、ただ努力するだけでは、凡才は天才には及ばないのだろう。

マリオンは全てを諦めて目を伏せた。——そのとき。

「疑われても仕方がないと思うけれど。違うよ」

セルジュの言葉に、驚いたマリオンは目を開き、瞬かせる。

「うわあ。やっぱり疑われてたんだ。わかっていたけれど結構傷つくなあ」

しょんぼりと肩を落としてしまったセルジュに、マリオンは慌てた。

「ごめんなさい、でも……!」

「……そもそも父が倒れて命を落とした場に、僕はいなかった」

「……え？」

「父が屋敷の自室で倒れたとき、僕は仕事で外出していた。もちろん証人もいるよ。ずっと秘書がそばにいたし、何人かの面会者もいる」

「…………！」

マリオンは事件をよく調べずに、彼に疑問を呈したことを恥じる。

決めつけまいと思っていながら、彼が父親を殺したと完全に思い込んでいた。

「僕の犯行だという証拠は一切ない。つまり僕は犯人ではないということさ」

その言い方に若干の引っかかりを覚えたものの、マリオンは心底安堵した。

「……では公爵閣下のお亡くなりになった原因は、なんだったのでしょう」

「やっぱり公爵だし突然死だからって王宮から医官が派遣されてきて、検死もしてもらったよ。どうやら心臓に近い重要な血管が破裂したことが原因らしい。まあ、不摂生していたし仕方がないね」

そこまで確認されていれば、確実にセルジュが犯人ではないだろう。

――よかった。大丈夫。まだ彼の手は血に塗れてはいない。

マリオンは胸を撫で下ろした。それならばまだなんとかなるかもしれない。

(――そうよ。このまま彼のそばで、私が見守ればいいわ)

婚約者として、いずれは妻として。セルジュのそばでその行動を監視すればいい。

人を傷つけたり、貶めたりしないように。

セルジュが真っ当に生きていけるように、マリオンが導くことができれば。

(……図らずも婚約者になってしまったのだから、頑張ってみようか)

『愛の力でなんとか』というシャルロットの言葉を思い出し、マリオンは小さく笑った。

恋や愛かはわからない。けれどセルジュがマリオンに固執していることは間違いない。

だったらうまくすれば彼を、なんとかできるかもしれない。

「……疑ってごめんなさい。セルジュ様」

「仕方がないよ。父上があまりにも都合よく死んでくれたからね」

だからその言い方よ、と思いつつ、マリオンはセルジュの腕の中で目を閉じた。

長時間の移動や初めての経験に疲れ果て、瞼《まぶた》の重みに耐えられなくなってしまったからだ。

「ひあっ……！」

だがマリオンの安眠は、すぐに妨害された。

すっかり力を取り戻したセルジュが、彼女の奥を突いたからだ。

「……やだなあ、マリオン。何を寝ようとしているんだい？　夜はまだこれからだよ？」

にっこりといい笑顔で、地獄のような言葉を吐き出すセルジュに、マリオンの全身から血の気が引いた。

「あの、セルジュ様。私移動やら初体験やらで疲れてまして」

「うん。明日は馬車の中でずっと休んでいるといいよ」

「こ、このまま寝かせていいただける、なんてことは……」

「ないよ。マリオンにはこのましっかり僕の形を覚えてもらわないといけないからね」

人によってそんなに形に差があるものなのか。マリオンは遠い目をした。

結局その後マリオンはあの手この手で何度も高みに上らされ、完全に気を失うまでセルジュに揺さぶられ続ける羽目になった。

そのせいでマリオンは、思い至れなかった。

セルジュがかつて殺人遊戯《デスゲーム》の際、結界から出てしまった生徒たちの体を遠距離から容易く粉々に砕いたことを。

よって彼の手にかかれば、人の心臓に時限式の魔術を仕込み、血管を砕くくらい、容易いことも。

――そして人間の本質は、そう簡単には変わらないことも。

第四章　愛の力でなんとかする

シャルロット・バレーヌは、花街の薄暗い裏通りで育った。

母は身を売って暮らしていた。

花の盛りを過ぎ、身請け先も見つけられなかった娼婦の末路は、総じて悲惨なものだ。

年嵩《としかさ》の娼婦である母はただ身を売るだけではもはや客を得られず、加虐性の強い特殊な男の相手をすることで、なんとか糊口《ここう》を凌《しの》いでいた。

シャルロットには全く理解ができないが、世の中には女を痛めつけることでしか性的欲求を満たせない種類の男がいるらしい。

シャルロットの父である、公爵閣下もそうであったようだ。

女を拘束し、鞭《むち》で打ち、殴りつけながらでなければ、性的に興奮できない。

だが不幸なことに、彼の妻は美しく皆から愛されたこの国の王女だった。

さすがに元王女である妻を、痛めつけるような真似はできない。

妻になった王女は兄である国王に溺愛されており、嫁いだ身でありながら頻繁に王宮へと帰る。彼女に下手なことをして、国王に密告でもされたらおしまいだ。

なんせ甘やかされ苦労せず育った妻は、年齢よりも精神が幼く、未だに口に出していいことと悪いことの区別がつかない。

ペラペラと思ったことを思ったように話してしまうのだから。

そして公爵は自分よりも尊き身である妻に向けられぬ劣情《れつじょう》を、場末の娼婦で解消するようになった。

そんな男の相手をせざるを得ない母は、いつも痣《あざ》だらけであった。

シャルロットはそんな母を見るのが、苦しくてたまらなかった。

『あんたを産めば、もう少しマシな生活ができると思ったのよ』

かつて母は苦々しい顔でそう言った。

客として相手をするなかで、父が高位貴族であると気付いたのだろう。

あえて避妊薬を飲まずに交わり、シャルロットを孕《みごも》ったのだ。

貴族の血を引く子供を産めば、身請けしてもらえるとでも思ったのかもしれない。

だが勝手なことをしたシャルロットの母に公爵は激怒し、その後二度と顔を出すことはなかった。

今思えば殺されなかっただけ、よかったのだろうが。

彼女の思惑は外れ、残されたのは玉のように美しい赤ん坊。

捨てることもできただろう。だが母はそれをしなかった。

赤ん坊のときから容姿はよかったので、育ててそのうち高値で売ろうと思っていたのかもしれない。

母はあえて娘に、貴族女性に多い『シャルロット』という高貴っぽい名をつけた。

そしてそれなりに可愛がった。

花街で生まれ育った娼婦の娘は、母と同じくそのほとんどが娼婦になる。

よってシャルロットもまた、自分は将来娼婦になるのだろう、と思っていた。

平民には珍しい金の髪や青い瞳、そして整った顔立ちから、シャルロットが七歳の時点で、すでに様々な娼館から母に買取りの声がかかっていたようだ。

だがやはり母はもう少し大きくなるまでは、とシャルロットを決して手放さなかった。

おそらく彼女にとって、高貴な血を引く美しい娘は、惨憺《さんたん》たる人生の唯一の希望だったのだろう。

だがその年、酷い寒波が王都を襲った。

薪や炭の価格が跳ね上がり、それらをさらに貴族や金持ちどもが買い占めたために、平民たちは体を温める手立てを失い凍えることとなった。

まずは家のない者たちから死んでいき、そして次に辛うじて雨風を凌げる程度の住処しか持たぬ者たちが死んでいった。

シャルロットの母は、ここに該当した。

それでなくとも悪辣《あくらつ》な客のせいで、痛めつけられ続けた体には、体力がなかった。

彼女は暖を取ろうとしたのか娘を抱きしめたまま、冷たくなってしまった。

シャルロットは動かなくなってしまった母のそばで泣けるだけ泣いて、そして体力が尽きる前に父が住んでいるという屋敷に向かうことに決めた。

屋敷の場所は知っていた。母が幼いシャルロットを連れて、その屋敷の前の通りを何度も歩いては『ここにあなたの父親がいるのよ』と教えてくれたからだ。

おそらく屋敷の誰かが哀れな母娘に気付いてくれることを、願っていたのだろう。

シャルロットは、父親にとても似ているそうだから。

けれどももちろんそんな奇跡は起こらず、結局母は花街で凍えて死んだ。

もはやシャルロットの希望は、自分を捨てた父親だけだった。

雪が降り積もる中、霜焼《しもや》けだらけで痛む足で、たった七歳の短い脚で、シャルロットはデュフォール公爵家へ向かって必死に歩いた。

だが当然ながら小汚い子供を、デュフォール公爵家の門番が屋敷の敷地に入れるわけもなく。

追い払われ体力が尽きたシャルロットは、その場で蹲《うずくま》り、やがて意識を失った。

たぶん自分も母と同じように動かなくなって、そして冷たくなるのだろう。

——そう思っていたのに。次にシャルロットが目を覚ませば、暖かな部屋にいた。

それは公爵家の使用人の部屋だったが、隙間風が吹くオンボロな家に住んでいたシャルロットには、非常に贅沢《ぜいたく》な部屋に見えた。

「……やあ。目を覚ましたかい？」

寝台の横に一人の少年がいた。シャルロットは思わず言葉を失った。

その少年が、あまりに美しかったからだ。

だがその一方で、柔らかく微笑むその少年の目は酷く虚《うつ》ろだった。

この目をシャルロットは、何度か花街で見たことがあった。

——これは、生きることに飽《あ》いた人間の目だ。

この目をした人間は、不思議と数年のうちに自ら命を絶《た》つことが多かった。

　少年はシャルロットの異母兄であるらしい。

　デュフォール公爵家の門の前で死にかけた子供から強い魔力を感じたために、拾ってくれたのだと言う。

「セルジュ様。異母妹だなどと、気安く口になさってはなりません！」

　シャルロットの世話をする年嵩の侍女が、そう言って彼を窘める。

「だってバレーヌ。見てごらんよ。この子は父上にそっくりじゃないか」

「だとしても旦那様がお認めにならない限り、この子はただの浮浪児にすぎません」

　シャルロットは身を縮こまらせた。やはり自分はここから追い出されるのだろうか。

「そしてこの子を旦那様がお認めになることはないかと。非嫡子などデュフォール家の恥でしかありませんので」

「でももったいないよ。この子、強い魔力を持ってる。この寒波の中でも死ななかったのは、この子自身の魔力のおかげだろうね。おそらく治癒に特化してるんだろう」

　事実、本来一番先に命を落とすはずの小さな子供であるシャルロットが生き延びられたのは、体の中に潤沢《じゅんたく》にある治癒に特化した魔力のおかげであったようだ。

　出力できないぶん、その魔力はシャルロットの体の中で循環しており、彼女の細胞を常に修復し続けていたのだ。

それがセルジュの興味を引いた。いずれ自分の役に立つかもしれないと。

こうしてシャルロットはセルジュが唯一相性が悪いという治癒系の魔力を持っていることで、彼に拾われることになった。

おそらくセルジュが望む能力を持っていなければ、シャルロットはあそこで見捨てられ凍え死んでいたのだろう。

ただ自分には利用価値があるから、セルジュに拾われたにすぎない。

そこに兄妹としての情や絆など、一切ないのだ。

しばしこの異母兄と過ごす時間で、シャルロットはそのことに気付いた。

彼の世界は『自分』と『自分以下』に分類されていて、貴族だろうが平民だろうが『自分以下』であることに違いはなく、その存在の価値に差を感じないようだった。

だからこそ身分が違うシャルロットにも、気軽に話しかけてくるのだ。

だがセルジュの要請でシャルロットの養父母となったバレーヌ夫妻は、そのことをよく思わなかった。

彼らは「身の程を知れ」と常にシャルロットに言い続けた。

セルジュと自分を、同じ世界の人間だと思うなと。

セルジュの役に立つことだけが、シャルロットの存在意義なのだと。

だからシャルロットは努力をした。治療魔術を極めるべく、勉強に励んだ。

平民でありながら貴族のように勉強に励むシャルロットに、周囲の目は冷たい。

それでも、娼婦という未来しかない頃に比べれば、圧倒的によかった。

どれほど貶められ、蔑まれようとも。

体や容姿だけではなく、能力や知識を評価され、活かすことができる。

その機会を得られるだけでも、自分は恵まれていると思った。

魔力を持つ者の義務として王立魔術学院に入学する際、貴族の家に養子に入る話もあったが、シャルロットはあえて平民の身分のまま入学することにした。

平民でも貴族と同じ人間なのだと。同じだけのことができるのだと。そう証明したかったのだ。

『わざわざずいぶんと面倒なことをするねえ。そう簡単なことじゃないと思うよ。まあ、君がしたいならすればいいいけど』

セルジュからも、肩を竦め呆れたように言われた。おそらく彼はシャルロットがどんな道を選ぼうが、どうでもいいのだろう。

セルジュの目は歳月が経っても相変わらず虚ろなままだ。

一度シャルロットは『どうしてセルジュ様はそんな死んだ魚のような目をなさってお

れるのですか？』と彼に聞いたことがある。どうやらセルジュは色々なことに恵まれすぎて、人生自体がつまらないらしい。

身分も見た目も魔力も全てが最上級。さしたる努力もせずに勉強も剣術も首席。

聞く人が聞いたらふざけるなと怒りそうなものだが、一人だけ別の次元にいるというのは、それはそれで寂しいものなのかもしれない。

——そして入学した学院で、シャルロットは美しき女神《マリオン》に出会った。

匂い立つような妖艶な美貌。素晴らしき曲線を描《えが》く体。そして煌めく知性と才能。

何よりも、その素晴らしい人格。貴族でありながら平民への偏見が一切ない。

躊躇《ためら》わずにシャルロットの手を握り、友達になってほしいと恥ずかしそうに言われたときは、「下僕でいい」などと興奮のあまり思わず阿呆なことを口走ってしまったが。

そして彼女は、本当にシャルロットの友達になってくれた。

(マリオン様、あまりにも尊い……！)

シャルロットのマリオンへの思いは、すでに信仰の域に達している。

彼女を崇め奉る言葉は、泉のようにいくらでも湧いて出る。

マリオンが手を差し伸べてくれたおかげで、彼女の取り巻きになっているおかげで、他の生徒たちによるシャルロットへの心無い言葉や行動は大幅に減った。

これまでは適当に躾しておけばいい、流しておけばいいと思っていたのに。

そのひとつひとつにマリオンは怒り、『私の可愛いシャルロットに何をするの！』と相手に手厳しい制裁を与えてくれた。

『はっきりと否と言わなくちゃ、相手はどんどん増長するわよ』

そして我慢するだけで事態が好転することは、ほとんどないのだと言ってくれた。

そんなことをシャルロットに言ってくれる人は、これまでいなかった。

ただ我慢しろ、受け入れろ、と。平民であるお前には、その程度の価値しかないのだからと。シャルロットはそう言われ続けてきたのだ。

だからシャルロットはこれまで、自分を貶め苛む全てに歯を食いしばって耐えてきた。

平民と貴族という生まれ持った身分の違いは、どうしようもない。

たとえ貴族の誰かにシャルロットが殺されたとしても、おそらくその人間が罪に問われることはないだろう。

だからマリオンの言葉は、実際のところは正しくはない。

彼女自身が貴族だからこそ言える、傲慢な綺麗事だ。

なんせ平民であるシャルロットが貴族相手に否を突きつけるには、己の命をかける必要があるのだから。

だが一方でそれは、マリオンがシャルロットを自分と同じ人間だと思っているからこそ、出てくる言葉でもあった。

(やっぱりマリオン様大好き……！)

マリオンのそばは居心地がいい。優しくて強い、シャルロットの女神様。

さらにはマリオンと出会ってから、あの異母兄《セルジュ》が変わった。

まず目が違う。あんなに死んだ魚のような濁《にご》った目をしていたのに、マリオンを前にすると、キラキラと輝くのだ。

お茶会に度々強引に割り込んできては、必死にマリオンの気を引こうとする様は、本来のセルジュを知るシャルロットからすれば、滑稽ですらあった。

そしてマリオンと共に過ごす時間を捻出するため、ものすごい執念を見せる。

セルジュが努力らしきものをする姿を、シャルロットは初めて見た。

どうやら異母兄は、恋に落ちたらしい。

そんな奇跡が起こるなんて、とシャルロットは驚きを隠せない。

彼はそんな人間らしい感情とは、一生無縁だろうと思っていたのに。

セルジュの『自分とその他』だけの世界が、『自分とマリオンとその他』になったのだ。

(恋の力って、すごいわ……)

あの人格破綻者すら、あんなにも必死にさせてしまうのだから。恋とは偉大である。

（でもまあ、その気持ちはわかるけれど）

シャルロットだって、マリオンのためならなんでもしてしまいそうだ。なんせ彼女の狂信者なので。

どうやら兄妹は、人間の好みが似通っていたらしい。

もしかしたらどこか壊れた人間は、真っ当な精神性の人間のそばにいたくなるものなのかもしれない。

だがその恋はどうやらセルジュの一方通行らしく、それもまた非常に面白い。

我が女神《マリオン》があの異母兄《セルジュ》を振り回している姿が、おかしくてたまらないのだ。

（セルジュ様もたまには、『思い通りにならないこと』を味わえばいいのよ）

そうしたらもっと人間味が出てくるのではないか、などとシャルロットは高みの見物を決め込んでいたのだが。

夏季休暇が終わり、久しぶりに学院に登校してみれば、セルジュとマリオンの婚約が成立していた。

とうとう我が女神は、捕まってしまったらしい。

今度はマリオンが死んだ魚のような目をしており、彼女を学院まで送り届けたセルジュは、水を得た魚のように生き生きとしていた。

たぶん相当強引な手を使ったのだろう。全くもってマリオンに想いが伝わらないことにずいぶん苛立っていたようだから。

堪《こら》え性《しょう》のない異母兄である。

正直マリオンにはもっと幸せになれる相手がいくらでもいるような気もするが、彼女がセルジュと結婚することでこの学院を卒業後もずっと繋がりを持てるのは、素直に嬉しい。

『ねえ、シャルロット。君には僕に色々と恩があるよね？』

などと脅され、さらにはマリオンが義姉になるという誘惑に負け、異母兄の恋愛成就に、いくらか手を貸してしまったシャルロットである。

(申し訳ございません、マリオン様……！)

女神を裏切ってしまったことに心は痛むが、どうしたってあの悪魔《セルジュ》からは結局逃げられなかったと思うので、どうか許してほしい。

もはや公爵となってしまった彼を止められる者は、王族くらいのものだ。

――いや、国王陛下でも無理かもしれない。

(たぶん公爵様を殺したのって、セルジュ様よね……)

人格が破綻した異母兄の倫理観は、息をしていない。

マリオンを妻にするにあたり、ただ邪魔になったから消したのだろう。

実の親を殺すことさえ、彼にとってはたいした問題ではない。

おそらくバレなきゃいいや、くらいの感覚と思われる。

血が繋がっているからか、妹は兄のことを比較的よく理解していた。

そして生物学的な父の死に対し、何も思わない自分も相当に冷たい人間だとは思う。

（むしろ少し胸がすっきりしてしまったというか）

若干ざまあみろと思ってしまうのだから、自分もずいぶんと強《したた》かになったものである。

シャルロットにとって大切なものは、もはや他にあった。

「──マリオン様！」

声をかければ、疲れた様子ながらマリオンが嬉しそうに笑ってくれた、やはり女神である。

その隣にベッタリと貼り付いている異母兄は、何やら幸せそうな満ち足りた顔をしていて、普段にも増してキラキラだ。

青春だなあ、とシャルロットは思う。

まさか異母兄のそんな姿を見る日が来るとは思わなかった。

シャルロットもマリオンの腕にしがみつけば、ほんの少し異母兄が不快げに唇を尖らせる。

（セルジュ様には悪いけど、独り占めにさせる気はないんだから！）

大切な大切な、シャルロットの女神様だ。親友の座は死守させてもらう。

そしてマリオンが婚約を機に学院を辞める、などという話になってしまったらと心配していたのだが、結婚自体は卒業を待ってからするらしく、シャルロットは安堵し胸を撫で下ろした。

ただマリオンは今後、セルジュたっての希望によりデュフォール公爵家の王都別邸で暮らすことになるそうだ。

セルジュとしては、本当はとっとと学院を辞めさせて屋敷に閉じ込めてしまいたいのだろうが、そうすることでマリオンに嫌われるのは嫌らしい。

嫌われたくないとか、そのために我慢をするといった真っ当な感覚が、セルジュの中にも存在するということに、シャルロットは少々感動してしまった。あの異母兄を人間らしくしてしまうなんて、やはり我が女神はすごい。

その後、デュフォール公爵家の女主人となったマリオンは、時折学院を欠席するようになった。

家政やら社交やらで、どうしても休まざるを得ないようだ。

実に遺憾《いかん》であるという雰囲気を漂わせながら、渋々休んでいる。

貴族の令嬢としてはそれが普通であり、むしろこれまで彼女が毎日かかさず出席していたことのほうが非常に珍しいことなのだが。

そしてマリオンは休む日の前日には、これでもかとシャルロットに色々な防御魔術をかけていく。

心配性だと思いつつも、とても嬉しい。彼女に守られているような気持ちになる。

（……マリオン様がいらっしゃらないと、居場所がないもの）

マリオンが休むと、シャルロットは教室にひとりぼっちになる。

するとマリオンと共に過ごすときにはあまり感じることのない蔑む目や、貶める言葉が酷く突き刺さってくるのだ。

これまで散々受けてきて、とっくに慣れているつもりだったのに。

マリオンと共に過ごす時間が、あまりにも平和で幸せすぎたからか。

シャルロットの心は、柔らかく傷つきやすくなっていた。

またこの痛みに慣れるにはしばらく時間がかかりそうだと、シャルロットは思う。

その日も授業が終わって、シャルロットはすぐに帰ろうと席を立った。

もちろんマリオンがいれば放課後におしゃべりをしたり、庭園でお茶をしたりするのだが、マリオンがいないなら、この教室はシャルロットにとって酷く居心地の悪い場所だ。

教科書類を詰めた鞄《かばん》を持って、いそいそと教室を出たところで、シャルロットは同じクラスの男子生徒たち数人に囲まれてしまった。

ヘラヘラと笑って小さく頭を下げ、そのまま躱そうとしたが、彼らは執拗にシャルロットの進行方向に回り込んで逃がしてくれない。

「あの、何か……?」

「なあ、たまには俺たちにもかまってくれよ」

「せっかく今日は女帝がいないんだからさぁ」

どうやら彼らは、マリオンがいないときを狙っていたらしい。

平民でありながら自分たちよりも遥かに成績のいいシャルロットを、日頃から苦々しく疎ましく思っていたのだろう。

そんな彼らの目は、花街でその夜共に過ごす娼婦を選ぶ男たちの目によく似ていた。

つまり性的な目的で、シャルロットに近づいてきたということだ。

女性に乱暴しその尊厳を傷つけることで、鬱憤《うっぷん》を晴らす類の男が少なからずいることを、花街育ちのシャルロットは知っていた。

恐怖でシャルロットの全身が怖気立つ。逃げたいが複数人に周囲を囲まれていて、どうにも動けない。

そして残念ながら、シャルロットは治療魔術に特化した魔術師だ。攻撃する術を持っていない。

マリオンと共に学んだはずの護身術も、頭の中から吹き飛んでいた。

（――嫌だ。怖い。助けて）

恐怖のあまり、声も上げられない。

そしてそのままシャルロットは、人のいない空いた教室へと連れ込まれてしまった。

これから何をされるのか、想像は容易かった。

そして一人の男子生徒がニヤニヤといやらしい笑みを浮かべながら、シャルロットの胸に手を伸ばしたところで。

『――私の可愛いシャルロット』

頭の中に、そんな親友の声が響いた。

「やめて！　触らないで!!」

これまで貴族に否と言えなかったシャルロットが、初めて抗う声を上げた。

きっと昔の自分だったら、ただこの理不尽な行為を受け入れていたのだろう。

でも今は、自分を大切だと言ってくれる人がいた。だからシャルロットは、自分自身を守らねばならないと、そう思ったのだ。

だが男子生徒はなおもシャルロットに手を伸ばした。そして彼女に触れた瞬間。

「ぎゃあっ……！」

情けない声を上げて、彼は教室の壁まで弾き飛ばされた。

「な、何だ……？」

慌てふためく他の男子生徒たち。いったい何があったのかわからず、シャルロットも目を見開く。

「――まさかこれ、防御魔術か？」

その場にいた一人の男子生徒が、呆然と呟く。

ただの防御魔術にしては、規格外の威力だ。

害意を持って近づいた人間を、あんなにも遠くまで弾き飛ばすなんて。

そこでシャルロットは思い出した。

『――あなたが危険な目に遭いませんように』

そう言って昨日、シャルロットの手を握り防御魔術をかけてくれた女神のことを。

『実はこれ、対セルジュ様用に作ったのよ。残念ながらセルジュ様にはあっさり解術《げじゅつ》されてしまったけれど』

先日、そう言って笑っていた。なるほど、彼女の中ではこんなふうにセルジュを弾き飛ばす予定だったのだろう。シャルロットは生まれて初めて異母兄を少々憐《あわ》れんだ。

(――マリオン様が、助けてくれた……！)

シャルロットの顔に、笑みが浮かぶ。それと同時に、その両目から涙が溢れた。

気がつけば恐怖で動かなくなっていた体が、動かせるようになっていた。

(この隙に、逃げなきゃ……！)

シャルロットは目の前にいる男子生徒の顔面に目掛け、持っていた鞄を叩きつける。

相手を怯ませるには顔面を狙うのがいいのだと、護身術の教師が教えてくれたからだ。

感覚器が集まっているため、立ち直るまでに時間がかかるのだと。

痛みと恐怖でよろけたその男子生徒を全力で押しのけると、シャルロットはできたその隙間から勢いよく走って逃げ出した。

「あっ！　逃げやがった！」

「少し痛い目に遭わせてやれ！」

そして背後から、一応は死なない程度に調整されているであろう魔術を放たれる。

だがそれらはやはり全てマリオンのかけた防御魔術に阻まれ、シャルロットに届くことはなかった。

シャルロットが息を切らしながらも、なんとか校舎の外へと逃げ出したところで。

「シャルロット……！」

ドレス姿のマリオンが真っ青な顔をして、裾をたくし上げならシャルロットに向かって走ってくるのが見えた。

その後ろには、正装姿のセルジュもいる。

二人の姿を目にした瞬間、シャルロットの両目から、またしても安堵のあまり滂沱《ぼうだ》の涙が溢れた。

「大丈夫？　あなたにかけた防御魔術が起動したから、心配で……」

どうやら社交中にシャルロットの危機を知り、わざわざ抜け出して助けに来てくれたらしい。

シャルロットは思わず、マリオンに抱きついた。

シャルロットの体の震えから、だいたい何があったのかを察したのだろう。

「やっぱりあなたから離れるんじゃなかった……！」

するとマリオンまで泣きだして、シャルロットを抱きしめ返してくれた。

そのまま三人でデュフォール公爵家の馬車に乗り、王都別邸へと移動する。

その際にシャルロットが男子生徒に襲われかけたという話をしたところ、マリオンの顔から血の気が失せた。

「でもマリオン様がかけてくださった、対セルジュ様用の防御魔術のおかげで助かったんです」

「そう。本当によかった……」

マリオンはまた目を潤ませて、シャルロットに抱きつく。

「素晴らしい威力でした。さすがマリオン様です」

「……うん。これまで頑張ってきて、よかった」

被害に遭ったシャルロットよりも、何やらマリオンのほうが衝撃を受けているようだ。

「だから、大丈夫だったんですよ、マリオン様」

気がついたらシャルロットのほうがマリオンを慰めるという、謎の事態になっていた。

マリオンはシャルロットにしがみついたまま、こくこくと頷いた。

「……シャルロット。いくら何でも僕の婚約者に馴れ馴れしすぎないかい？」

あまりにもマリオンといいちゃいちゃしすぎたようだ。とうとう許容範囲を越えてしまったらしく、向かいに座るセルジュが苦言を呈してきた。

すっかり人間らしくなってしまって、とシャルロットは笑う。

「マリオン様に警戒され、防御魔術で対策される方とは違うんですよ。私は」

「……へえ。僕、婚約者なんだけどね」

男子生徒が勢いよく吹き飛んでいった様を思い出し、シャルロットはまた笑う。

残念ながら、セルジュを吹き飛ばすことはできなかったようだが。こうしてシャルロットに流用し、有効活用できたのだからこの世に無駄なことなどないのかもしれない。

きっとマリオンは、今も対セルジュ用の防御魔術の構築に勤しんでいるのだろう。

「そもそも私とマリオン様の間に割り込んできたのは、セルジュ様のほうではないですか」

そう、マリオンと仲良くなったのは、シャルロットのほうが先なのだ。セルジュが後から割り込んできたのである。

ふふん、と強気に笑えば、セルジュの貼り付けたままの微笑みが、ほんの少しだけ引き攣った。

「ふふっ」

そんな二人を見て、ようやくマリオンが泣きやみ、小さく声を上げて笑った。

それだけで兄妹は、ほっこりと幸せな気持ちになる。

やはり彼女の存在は自分たち兄妹にとって奇跡なのだと、シャルロットは思った。

◇◇◇◇

「今日、この佳き日《よ》を迎えられたことを――」

壇上から周囲を見渡しながら、マリオンは答辞を述べていた。

会場の一番前の席には、マリオンの晴れ姿を一瞬たりとも見逃すまいと、目を皿のようにしてこちらを見るシャルロットがいる。怖いからそろそろ瞬きをしてほしい。

そんな彼女の胸元には、卒業生の証《あかし》である薔薇《ばら》のコサージュが飾られている。

シャルロットは無事に生き延びて、本日マリオンと共に魔術学院を卒業する。

今日この日を迎えられたことが、あまりにも感慨深くて泣きそうだ。

（――私は、やり遂《と》げたんだわ）

前の生でシャルロットが自ら命を絶ったのは、二年の終わり頃のことだった。

彼女は娼婦の娘として花街で生まれ育ち、本来なら母と同じ娼婦になる未来しか与えられなかったはずだった。

それなのに学ぶ場を与えられ、能力や知識を活かす場を与えられた。

どれほど蔑まれようと、貶められようと、体でも容姿でもなく能力を評価されることが、彼女の矜持だったのだ。

だからこそそんな中で暴行を受け、娼婦のように扱われたことに、耐えられなかったのだろう。

深く絶望し、シャルロットは自ら命を絶った。

当時の彼女の心を思うと、今でもマリオンは苦しくてたまらなくなる。

あまりにも痛々しいその過去を繰り返さないため、この三年間、マリオンはシャルロットを必死に守り続けた。

性的な揶揄いをしてくる男どもとは徹底的に戦い追い払ったし、シャルロットには幾重にも厳重に防御魔術をかけた。

大袈裟だとシャルロットは笑っていたけれど、笑いごとではない。

実際に二年生の頃、シャルロットは男子生徒たちに襲われかけたのだ。

しかもわざわざマリオンが学校を休んだときを狙って。

彼女に付与していた防御魔術が正しく起動し、大事には至らなかったが、そのときは本当に血の気が引いた。

それからというものマリオンは、さらにシャルロットに対し過保護になった。

それはもう、婚約者であるセルジュが嫉妬するほどに。

だから彼女が無事に生きて進級し、三年生になったときは、ああ、自分はちゃんと、未来を変えることができたのだと、安堵のあまりシャルロットに抱きついて幼い子供のようにわんわん泣いてしまった。

正直この日まで、常にマリオンは不安だったのだ。

シャルロットはいったい何事かと驚いていたが、前回の記憶のせいで元々マリオンには奇行が多いので、あっさりと流してくれた。優しい子である。

異母兄はもうちょっと異母妹の優しさを見習ってほしい。

(それにしても、少ないわね)

卒業生の数は、前回よりもずいぶん減っている。

ここ二年で、なぜか様々な理由で次々に生徒が辞めてしまったのだ。

学校を辞めた生徒たちは、そのほとんどがシャルロットやマリオンに対し、度々嫌がらせなどをしてきた面々だったので、おそらく公爵になったセルジュが権力を使って、なんらかの手を回したのだろうなと思っている。

もちろんシャルロットを襲おうとした男子生徒たちも、すっきり全員いなくなっている。

(……一番権力を持たせてはいけない人間に、権力を持たせてしまった感じね)

セルジュは、権力を行使することに躊躇をしないのだ。

まあ、それでも殺人遊戯《デスゲーム》を催され殺されるよりは、ずっとマシだろう。

すでに公爵家の女主人としての仕事もこなしているマリオンから見て、領主業もそれなりに真面目にやっているようなので、もうセルジュの好きにさせておこうと思っている。

なんせシャルロットは生きていて、今日も呑気な顔で笑っている。それが何よりも大切なことなのだから。

まあ、その代わりマリオンは、精神病質者《サイコパス》なセルジュと結婚する羽目になったわけだが。

しつこく体を貪られることは正直困っているが、それ以外においてセルジュは思いの外まともな恋人だった。

折々のマリオンへの贈り物はかかさないし、色々なところに連れ歩いてくれる。

さらには公爵邸内にマリオン専用の研究室を作ってくれて、最新の魔術書や魔術道具を与えてくれる。

『宮廷魔術師になりたい、という君の夢は叶えさせてあげられないからね』

さすがに公爵夫人が一介の宮廷魔術師として働くことは、難しいようだ。

だがそもそもマリオンが宮廷魔術師になりたかったのは、この国の最新の魔術に触れられる職業であり、生涯働ける保証のある職場だったからであり、他にそれができるのなら特に宮廷魔術師にこだわる必要もなかった。

なんせこの国一番の魔術師が夫となるのである。むしろ魔術オタクとしては最高の環境であるかもしれない。

そういうわけで、マリオンはそれなりに充実した生活を送っていた。

もちろん夫となるセルジュの人格という点において、大いに不安はある。

いつ暴走するかわからない、大量殺人兵器と暮らしているようなものなのだから。

今でもマリオンはセルジュに対し怯えのような感情を抱いているが、逃がしてもらえないので仕方がない。

そして学院を卒業したら、マリオンはすぐセルジュと結婚することになっている。つまり結婚式は目前だ。

（……まあ、なんとか頑張りましょう）

理由はわからないが、セルジュにとって自分が特別な存在であることは、間違いないようだ。

婚約者として過ごした日々の中で、それだけは確信することができた。

なんだかんだいって、マリオンの話も少しは聞いてくれるようになった。

このまま夫をなんとか真人間にして、平穏無事な生涯を送ることが、目下マリオンの目標である。

甘い考えかもしれないが、頑張ればなんとかなるんじゃないかなあ、と思っている。

そんなセルジュは来賓席で、マリオンに向かい嬉しそうに小さく手を振っている。

その姿をうっかりちょっと可愛いと思ってしまった。やはり毒されている気がする。

卒業式も無事に終わり、卒業証書を手にマリオンはシャルロットと共にセルジュが待っているであろう校門へと向かう。

「学生生活もとうとう終わりね……」

「そうですね」

「あっという間の三年間だったわね……」

マリオンにとって、二度目の学生生活。一度目よりも遥かに濃いものとなった。

得たものは親友と婚約者と広い視野。

一度目は本当にもったいないことをしていたのだな、としみじみ思っている。

「はい、人生において、最も幸せな三年間でした」

シャルロットもそう言って笑う。何よりも彼女が生きてここにいる。それだけでマリオンは報われた気持ちになる。

強い魔力を持つ卒業生たちは、宮廷魔術師として王宮に出仕する者、家を継ぐべく領地に帰る者、結婚して家庭に入る者と、進路は様々だ。

ちなみにマリオンは結婚して家庭に入り、シャルロットは宮廷魔術師として王宮に出仕することが決まっている。

公爵家当主となったセルジュは、すぐにシャルロットを正式に異母妹として、デュフォール公爵家に受け入れようとしたが、シャルロット自身がそれを断った。

彼女は平民の身分のまま、宮廷魔術師になることを選んだ。――それが茨の道だとわかっていながら。

『私、平民が宮廷魔術師になったっていう前例になりたいんです』

そう胸を張って言われてしまえば、彼女のその崇高な思いに、マリオンもセルジュももう何も言うことはできなかった。

「……いい？　王宮に行って平民ってことで周囲からいじめられたり、何か酷いことをされたら、デュフォール公爵夫人の親友って肩書きを使うのよ。もし私に何かしたらデュフォール家が黙っていませんよ、くらいのことは言っておやりなさい」

「うふふ、それって最強のカードですね」

「そうよ。一撃必殺のカードなの」

もしそんなことになったらマリオンは、公爵夫人の権力を使ってあらゆる手を打つつもりである。

シャルロットはこれから、誰も歩いたことのない道を歩くのだ。

それくらいの狡猾《こうかつ》さや切り札は許されるべきだろう。

「あの！　すみません」

談笑しながら歩いていると、何度か顔を合わせたことのある他クラスの男子生徒から、突然声をかけられた。

「……シャルロットさんにお話があって……ちょっとだけお時間をもらえませんか？」

（あらまあ……！）

おどおどした様子のその青年に、これはいわゆる愛の告白というやつかと、マリオンは思わず身を乗り出した。

すでにマリオンはセルジュと婚約していることが公にされているため、言い寄ってくるような命知らずの人間はいない。

だがシャルロットには、未だに婚約者はいない。

平民とはいえマリオンに次ぐ成績を残し、強大な魔力を持ち、さらに宮廷魔術師としての就職も決まっているのだ。

貴族の青年に想いを寄せられたとしても全くおかしくないと、マリオンは思っている。

周囲を見てみれば、そこかしこで卒業生に対し愛の告白が行われているようだった。なるほど、青春である。

マリオンが思わずわくわくと隣のシャルロットの顔を覗き込んでみれば、彼女は露骨《ろこつ》に面倒そうな表情を浮かべていた。

「なんでしょう。わざわざ移動せずとも、用ならここですませていただけませんか？」

完全なる塩対応である。愛想笑いのひとつもない。

「えっと、あの、実は話があるのは俺じゃなくて友達で……」

するとシャルロットがあからさまに不快そうに眉を顰め、ため息を吐いた。

かつては相手が貴族というだけでおどおどしていたというのに、気がつけば彼女も強くなったものである。

「お願いします！　ついて来てください！　そうしないと俺、友達に合わせる顔がなくて……！」

シャルロットを呼び出しているのは、この男子生徒よりも高い地位を持つ人間なのだろう。友人をパシリのように使う時点で、相当性格に難がありそうだが。

「それなら私も一緒に行くわ。それでもいいかしら？」

愛の告白ならば好きにすればいいが、それでも未婚の女性であるシャルロットだけを人気のないところに呼び出すなど、さすがに受け入れられるものではない。

もしそれで恋に敗れた相手の男が思い詰めて、シャルロットに乱暴をしたら全てがもとの木阿弥《もくあみ》なのだ。

シャルロットが襲われかけた二年生のときの出来事は、マリオンにとっても悪夢の記憶だ。

男子生徒は最初マリオンの同行を渋ったが、「受け入れられないなら帰る」とシャルロットがはっきり言うと、ようやく折れた。

そこでわずかながら違和感はあったのだ。

だがマリオンには三年間この学院で首席を守り続けたという、己の能力に対する過信と驕《おご》りがあった。

自分やシャルロットになんらかの損傷を与えられるような、実力の生徒はいないはずだと。

案内されるまま、男子生徒に人気のない校舎裏へと連れて行かれる。

そこに、一人の痩せぎすな男が立っていた。

まず制服を着ていないことに疑問を持ち、そして彼の顔を確認した瞬間。

マリオンの全身から、血の気が引いた。

「シャルロット！　逃げて……！」

咄嗟の判断でマリオンは隣にいたシャルロットを突き飛ばし、彼女に向けて放たれた拘束魔術を代わりにその身に受けた。

　黒い蛇のような魔力の集合体が、マリオンの体にまとわりつく。

　シャルロットが慌てて、マリオンに手を伸ばそうとする。

「早く逃げて！　そしてセルジュ様を呼んできてちょうだい！」

　マリオンはそんな彼女を一喝した。

　シャルロットは治癒に特化した魔術師だ。残念ながら戦闘時には役に立たない。

「早く……！」

　一瞬躊躇したシャルロットは、再度マリオンの叱咤を受け、泣きそうな顔で踵を返すと、その場から走り去った。

　マリオンとは違い、素晴らしい速度だ。遠くなっていく彼女の後ろ姿に、安堵の息を吐く。

　あとはセルジュが来るまで、持ちこたえればいい。

（……落ち着け。これくらいのことで）

　マリオンは体にまとわりつく魔術に、己の魔力で干渉する。

　なんせこちとら婚約者のセルジュから、日々いやらしい様々な拘束魔術をかけられ続けてきたのだ。

術者の性質によく似た、こんな単純な仕組みの拘束魔術、すぐに解術《げじゅつ》できる。

無効化されマリオンの体からハラハラとこぼれ落ちる黒い魔力の蛇に、目の前の男は苦々しい表情を浮かべた。

「――オーギュスト……！」

彼の顔を見るのは、三年ぶりだ。

かつて殺人遊戯の中で、マリオンを騙し、殺そうとした同級生。

心身を病《や》んだという理由で、今回の生では王立魔術学院に入学してこなかった、かつての首席卒業生。

――もう二度と会いたくないと思っていたのに。

その容貌は、ずいぶんと変わってしまっていた。

かつて爽やかに短く整えられていた黒髪は、今では背中まで伸びて、脂ぎってフケだらけだ。

肌艶はなく、体は痩せ細って頬は酷く痩《こ》け、野心にギラギラと輝いていた自慢の紅玉色の目は酷く濁っており、すでに正気の色ではなかった。

その虚《うつ》ろな目でシャルロットが逃げていった方向を、苦々しく睨《にら》みつけている。

「おい！　とっととあの平民女を捕まえてこい……！」

オーギュストは、マリオンたちをここまで連れてきた男子生徒に怒鳴《どな》る。

彼は慌ててシャルロットが走り去った方向へと走りだした。

（……どうしてこの男はシャルロットを狙っているの……？）

マリオンはオーギュストを睨みつける。

今度こそ殺人遊戯《デスゲーム》は起こらないと思っていたのに。

「……なんだ、お前。もしかして、マリオン・アランブールか？」

そしてオーギュストは、マリオンの正体に気付いたらしい。

面白そうに片眉を上げて、いやらしい目つきでマリオンの体の線を辿る。

「へえ、ずいぶんと見た目が変わったな」

「…………！」

（……過去の私を知っている。つまりはオーギュストにも前回の記憶があるんだわ……！）

謎がひとつ解け、マリオンの心臓が早鐘のように打ちつける。まさか自分以外にも記憶を残している人間がいるなんて。

（……だったら、もしかしてセルジュ様も……？）

さらなる恐ろしい可能性に気付き、マリオンは身震いする。

だがそれは今考えることではないと、ひとつ深く息を吐いて心を落ち着かせ、マリオンは艶やかに高慢に微笑んでみせた。

「あら。あなたほどじゃないわ。どうしたの？　そんなにしょぼくれちゃって」

オーギュストもマリオンに前回の記憶が残っていると確信したのだろう。ニタリと笑ってみせた。

「……なぜシャルロットを狙っているの？」

（……かつて死に追いやったシャルロットが今生きていることが、気に食わないのかしら）

――だとしたら万死に値する。マリオンは体に魔力を巡らせた。

「あの女は目的じゃない。手段だ」

「……どういうこと？」

「あの悪魔を確実に殺すために、あの女が必要なんだ。あの悪魔はあの平民女にずいぶん入れ込んでいたようだからな」

――悪魔。それが誰のことを指しているのか、マリオンにはすぐにわかった。

「あれは、生かしておいてはいけないものだ。人間のためにならない」

オーギュストが濁った目で、忙しなく頭をガリガリと掻《か》き毟《むし》りながら言う。

どうやら彼は、正義の味方にでもなっているつもりのようだ。

それはさすがに規模《スケール》が大きすぎる気がするが、その気持ちはわからなくもない。

「知っているか。マリオン。俺たちが巻き込まれたあのくだらない遊戯はなぁ、あのセルジュ・デュフォールが引き起こしたものだったんだよ……！」

どうやらオーギュストは、自分よりも先にマリオンが死んだと思っているようだ。

だからあの殺人遊戯の黒幕を、マリオンは知らないと思っているのだろう。

「……知っているわよ」

マリオンがそう言えば、オーギュストは不可解そうな顔をする。

「……でもセルジュ様は、今回はまだ何もしていないわ」

それに一応あれでも、マリオンの婚約者なのである。

存在自体が人類によくない、などと。少々言いすぎではないだろうか。

するとオーギュストは、ゲラゲラと声を上げて笑いだした。

「お前！　本当にそう信じているのか？　あの人格破綻者が今回の生では何もしていないと？」

彼の言葉に、マリオンの全身が粟立つ。

それは正しく、マリオンが危惧していることだったからだ。

──自分はただ、セルジュの所業を知らないだけなのではないか、という。

「だいたいお前だって、前回あいつのせいで殺されたんだろうが」

「私を殺したのはセルジュ様ではなくて、あなたよ」

まあ、実際には辛うじて生きていて、うっかりそのまま殺人遊戯の勝者になってしまったわけだが。

「うるさい！　あんな遊戯を催して、そう仕向けたのは、あの男だ!!」

まあ、それはそうかもしれない。だがそもそもこの男がシャルロットを集団で暴行し、彼女が自ら命を絶つまで追い込まなかったら、そんなことにはならなかったのだが。

「──勝手に被害者面してるんじゃないわよ。かつてあんたたちがシャルロットにした所業を、私が知らないとでも思っているの？」

記憶が残っているということは、かつての自分の罪も覚えているということだろう。だったら情状酌量の余地はない。この場で叩きのめすまでだ。

「……ああ、シャルロット。あの平民の売女な。花街出身らしく男を誘ういい体していたなぁ。淫乱《いんらん》って罵《ののし》ってやったら泣いて悦《よろこ》んでたよ。わざわざこんなところに出てこないで、そのまま娼婦になってりゃよかったのに」

そうしたらちゃんと金を払って可愛がってやったのになあ、と。ニヤニヤといやらしく笑うオーギュストに、怒りでマリオンの目の前が真っ赤になった。

「それにしてもデュフォール公爵家の後継まで咥《くわ》え込んで、たいした玉だよな」

「……そう。あなた、死にたいみたいね」

シャルロットの尊厳を、よくもそこまで踏み躙ってくれた。

煽られていることを自覚しつつも、マリオンは体に魔力を巡らせる。

なんとしてもこの男だけは多少、いや、大いに痛い目に遭わせねば気がすまない。

「たかが平民の女ひとりに、なぜ辺境伯家の後継である俺が、こんな目に遭わせられねばならなかったんだ……！」

同級生たちと殺し合いをさせられ、挙げ句の果てにはセルジュにあっさりと首を落とされて殺された。許せないとオーギュストは憤る。

「その上時間が遡ったというのに、あの悪魔はまだ俺を殺そうとしている！　だったら今度は俺が先に殺してやる……！」

「……そうはさせないわ」

この男はここで足止めする。そう決めた。

するとオーギュストは不可解そうにマリオンを睨《ね》め付けた。

「なぜあんな男を庇《かば》うんだ……！　お前だってあの悪魔の狂気に巻き込まれた被害者だろ

うが……！」

「……まあ、それでも彼は、一応私の婚約者なので」

そう、マリオンはセルジュの被害者兼婚約者である。

するとオーギュストが信じられない、と愕然とした顔をした。

あんな男とよく結婚する気になったな、とでも考えているのだろう。まあ、その気持ちもわかる。

どんなに見かけがよかろうと、どれほど家柄がよかろうと、かつて殺人遊戯《デスゲーム》に巻き込まれた身としては、あれはないとマリオンだって思う。

まあ、こちらとしても外堀を埋められ逃げ場をなくされ、半ば強制的に婚約させられたわけだが。

マリオンは自分を抱きしめ、嬉しそうにヘラヘラと笑うセルジュの顔を思い出す。

――――でも今はたぶん、それだけではない。

「本当にそれでいいのかお前。あんな狂った男と結婚して、どうするつもりだ？」

「あ、愛の力でどうにかならないかな、と思って」

「なるわけないだろ！　無茶言うなよ……！」

オーギュストからも、勢いよく突っ込まれてしまった。

だが事実としてセルジュは、シャルロットが生きている今、人の命を奪うような行動はしていない。

だからこそ、かつて起こった殺人遊戯は、今回は起こっていないわけで。

自分だって強姦魔で大量殺人鬼のくせに、そこまで言われる筋合いはないとマリオンは苛立つ。

マリオンからすれば、今やオーギュストのほうがよっぽど悪人に見えるほどだ。

少しでも、かつてのシャルロットの痛みを、苦しみを、味わわせてやりたい。

「さて、それでは正々堂々戦いましょうか。言っておくけれど、これでも私強いわよ」

「……知っているさ」

するとオーギュストはそう言って、周囲に防御魔術を展開する。

「そういえば前回正々堂々と戦おうって言ったくせに、私を罠に嵌《は》めて殺そうとしたわね。あなた」

その記憶もあるのだろう。さすがにバツが悪そうに、オーギュストは叫んだ。

「うるさい！　そもそもお前が逃げ回っていたのが悪いんだろうが！」

彼の周囲に大量に魔力で作った槍が浮かび上がり、マリオンに向かって放たれる。

それら全てを、マリオンは防御魔術で弾き飛ばした。

「くっ……！」

さすがは攻撃特化魔術師だ。ひとつひとつの攻撃が重い。

オーギュストが今も王立魔術学院に通っていたら、マリオンの三年連続学年首席の座は危うかったかもしれない。

（でも私だって、遊んでいたわけじゃないわ……！）

シャルロットのため、ひたすら防御魔術の研究に勤《いそ》しんでいたのだ。

魔術を防いでいる防御魔術の壁のひとつを、魔力で作った鏡面にして、攻撃を跳ね返す。

すると跳ね返った魔力の槍が、オーギュストの脇腹を掠《かす》った。

（やった……！）

だが槍は思ったより深くオーギュストを傷つけたようで、彼の傷口から勢いよく血が吹き出し、マリオンは酷く動揺する。

確かにマリオンは強く優秀な魔術師だ。だがその一方で実戦経験に乏しかった。

これまで出血させるほど人を傷つけたことなど、一度もなかったのだ。

そこが殺人遊戯《デスゲーム》の際に同級生を十人以上殺し尽くしたオーギュストとの、決定的な差となってしまった。

「貴様……！」

痛みに怒り狂ったオーギュストが脚に身体強化をかけて一気に間合いを詰めて、動揺し隙を見せたマリオンの腕を鷲掴みにする。

「痛っ……！」

そしてそのまま強く引き寄せられたところで。


「……僕の可愛い婚約者を返してもらおうか」


全速力で走ってきたのだろう。息を切らしたセルジュが校舎裏に現れた。

あんなにも汗だくで、必死になっているセルジュを、マリオンは初めて見た。

（どうして……）

そんなことはわかりきっている。――――自分《マリオン》を助けるためだ。

胸に何かがつかえていて、息苦しい。なんだか泣きそうだ。

「来やがったな……！　この化け物が……！」

強気なことを言っているが、オーギュストの声が震えている。

一度セルジュにあっさりと殺された経験があるからか、オーギュストは堂々とマリオンを盾にした。

セルジュが風の魔術でオーギュストを切り裂こうとすれば、間違いなくマリオンを巻き込むように、彼女の体を己の体に密着させて。

それを見たセルジュは、不快そうに眉根を寄せた。

するとオーギュストが、その顔に嘲笑を浮かべる。

「ふうん。前回は殺したくせに、今回はずいぶんと大切にしてるんだな」

「……は？　君はいったい何を言っているんだ？」

オーギュストの言葉に、セルジュが怪訝そうな顔をする。

どうやら彼には、かつての記憶がないらしい。

そのことに、マリオンはホッと胸を撫で下ろす。

「嘘《うそ》をつくな！　嘘を！　お前にも記憶が残っているはずだ！」

「だからなんの話をしている？　いいから今すぐマリオンを放せ……！」

セルジュが声を荒らげる姿を、マリオンは初めて見た。

それが自分のためであることに、またマリオンの胸が苦しくなる。

いつも飄々としているから、これまで口でなんと言われても、信じ難かったけれど。

（ちゃんと私は、セルジュ様に愛されているのかもしれない……）

化け物でもなければ、悪魔でもなく。彼にもちゃんと人間らしい感情があるのかもしれない。

とうとうマリオンの両目から涙が溢れた。するとセルジュの顔が一切の表情をなくした。

ゆらりと彼の強大な魔力が全身から放出され、周囲の風景がゆらぐ。

恐怖を覚えたのだろう、震えるオーギュストの手が、マリオンの首へとかけられる。

彼の指が喉元の血管に触れ、己の速くなった脈を感じる。

「お前が俺に攻撃をした瞬間。こいつを殺すぞ。一切抵抗をするな」

そしてオーギュストは魔力で光の槍を作り、セルジュに向けて放った。

その槍はセルジュの右肩に突き刺さり、血を吹き出させる。

だがセルジュは表情ひとつ変えず、ただオーギュストをひたりと睨んだままだ。

「……嬲《なぶ》り殺しにしてやる」

(何をしているのよ……！)

セルジュの手にかかれば、オーギュストなど一瞬で殺せるはずなのに。

マリオンを巻き込みたくないからと、本当に一切の抵抗をしないなんて。

次の槍が放たれて、今度はセルジュの左太腿に突き刺さった。さすがに立っていられなくなったのだろう。彼はその場に跪《ひざまず》いた。

マリオンは恐怖に震えながらも、必死に状況を打破する方法を考える。

（……このままセルジュ様が殺されたとしても、私が助かる可能性は低い）

マリオンはオーギュストの残虐性を知っていた。この男は状況が状況だったとはいえ、自分が生き残るために級友を十人以上殺害しているのだ。

彼の犯行を知っているマリオンを、生きたまま解放するわけがない。

セルジュを殺した後、間違いなくマリオンもまた殺すことだろう。

――どうせ死ぬなら、できる限り抗《あらが》ってから死にたい。

そのとき、先日シャルロットと共に受けた、護身術の講義をふと思い出した。

『――後ろから両手を拘束された場合は、足を狙いましょう。犯人は腕に意識を向けているため足は隙だらけであることが多いのです』

オーギュストは今、セルジュへの攻撃に興奮し、マリオンへの監視が緩んでいる。

（……今ならなんとかなるかもしれない……！）

オーギュストがセルジュに向かい、さらに槍を放とうとした瞬間。

マリオンは己の太腿に身体強化魔術をかけ、高いヒール付きのブーツで、力一杯勢いよく彼の足の甲を踏み抜いた。

「くっ……！」

その痛みに槍はセルジュを大きく逸れ、マリオンを拘束する腕も一瞬緩む。

（やった……！）

かつてマリオンがオーギュストに対し圧倒的に遅れをとっていたのは、その身体能力だった。

だが今のオーギュストは、セルジュを恐れるあまりずっと屋敷に引きこもっていたようで、ずいぶんと筋肉の落ちた体をしている。

一方でマリオンはシャルロット共に、定期的に護身術の稽古《けいこ》を受けていた。

マリオンはオーギュストの腕を振りほどくと、しゃがみ込み、彼の膝裏に腕を差し込んで思い切り振り抜く。

するとオーギュストが背中から勢いよく転倒した。

自由になったマリオンは、セルジュに向かって一心不乱に走り出し。――そして。

「――っ！」

慌てて身を起こしたオーギュストに、背中から魔術の槍で撃ち抜かれた。――かつてと同じように。

「マリオン……！」

セルジュの血が滲むような叫びが聞こえた。

地面に倒れ込む前に、セルジュの無事な左腕がマリオンを包む。

脚を怪我《けが》しているのにと、背中に受けた衝撃で呼吸ができない中、マリオンは心配に思う。

怪我をしているのに動いたからだろう。セルジュの左太腿の傷から血が吹き出している。

彼が傷つき血を流す姿を、やはり初めて見た。これもまた、マリオンのために。

「クソが……！」

オーギュストが狂ったように、魔術の槍をセルジュに向けて次々に放つ。

だがそれらは全て、セルジュが作り出した盾によって容易く弾かれる。

「マリオン、マリオン……！」

ただ壊れたように名を呼ぶセルジュの目には、うっすらと涙が浮かんでいた。

こんな状況だというのに、マリオンはうっかり感動してしまった。

どうしよう。嬉しい。彼がこんなにも自分を惜しみ、感情を揺らしてくれることが。

だがうまく声が出ない。マリオンはなんとか口の動きだけで「大丈夫」だと伝える。

すると頬にセルジュの涙が一粒ぽつりと落ちて砕け散った。

「畜生っ……！」

マリオンを奪われた以上、このままでは殺されると思ったのだろう。オーギュストがこの場から逃げ出そうとする。

だがセルジュはそちらを見ないまま、小さな手の動きだけでオーギュストが作ったものよりも遥かに大きな魔力の槍を作り出し、彼の両足を打ち砕いた。

「ぎゃあああ……！」

オーギュストは地面に転がり、無様な声で痛みに泣き叫ぶ。

「……ああ、簡単に死ねると思わないでくれ」

滲む視界で見上げたセルジュの顔は、怒りと憎しみに満ちていた。普段常にヘラヘラと微笑みを浮かべている彼の怒りの表情を、これまたやはりマリオンは初めて見た。

先ほどから、心臓が忙しい。――こんなにも想ってもらっていたなんて、知らなかった。

「辺境で大人しく引きこもっていれば、もう少し長生きできたかもしれないのにね。……考えうる限り、残酷な方法で殺してあげるよ」

そして口元に冷笑を浮かべると、指先に踊り狂う小さくて丸くて真っ黒な影をいくつも作り出す。その黒い丸には口と歯がついており、なんとも不気味だ。

セルジュはそれらを、一斉にオーギュストに向かって放つ。

するとその黒い影はオーギュストの体にしつこくまとわりつき、少しずつ彼の肉を喰い千切り始めた。

オーギュストは凄《すさ》まじい叫び声を上げながら、打ち上げられた魚のように地面をのたうち回っている。

（やめさせなきゃ……！）

さすがにこのままセルジュに、人殺しをさせるわけにはいかない。

マリオンは止めようと声を上げようとするが、そのままゲホゲホと咳《せ》き込んでしまう。

「マリオン！　無理をしないで！　すぐにシャルロットが来るから……！」

セルジュは悲壮感漂う顔をしている。だが、そろそろ気付いてほしい。

実はマリオンは、ほぼ無傷である。むしろセルジュのほうが、よほど重傷なのだ。

マリオンは常に自分とシャルロットに考えうる限り最強の、セルジュにしか解術できないような強力な防御魔術をかけ続けていた。

かつて一度オーギュストに破られた防御魔術を、マリオンは磨き上げ、ほとんどの攻撃を無効化するほどに効力を高めていたのだ。

光の槍の衝撃で、おそらく背中に打ち身はできているだろうが、実のところ命に別状はない。

「……やめてください、セルジュ様」

ようやく掠れながらも出るようになった声で、マリオンはセルジュを制止する。

「人を殺してはいけません」

人として至極当然の指摘をして、マリオンは手を伸ばしセルジュをぎゅっと抱きしめる。そして未だ震える彼の背中を、宥めるように撫でる。マリオンから抱きしめられたことが初めてだからか。セルジュは呆気に取られた顔をしている。彼のそんな間抜けな顔を見たのもまた、初めてだった。なんだか今日は初めて尽くしだと、マリオンは小さく笑う。魔力を送ることすら忘れてしまったのだろう。オーギュストにまとわりついていた黒い影も消えてしまった。

オーギュストは地面に伏したまま。血まみれになって、びくびくと痙攣している。もうそこにかつての面影はない。

「――私、無傷です」

マリオンがセルジュの耳元ではっきりとそう言ってやれば、彼はしばらくぽかんとした表情のまま。

それから頬を真っ赤に染め上げて「えええ!?」と困惑の声を上げた。

「防御魔術をかけていたので。セルジュ様のほうがよっぽど重傷ですよ。まったくもう」

「セルジュ様！　マリオン様ぁぁぁ!!」

するとシャルロットが、泣きじゃくりながらこちらへ向かって走ってきていた。

そして血まみれになったセルジュとマリオンを見て、悲鳴を上げる。

「大変……!!」

その向こうには、教師や警備の者たちが見える。おそらくシャルロットが呼んできたのだろう。

（やっぱりオーギュストを殺さなくてよかった）

どんなに屑《くず》であろうが、オーギュストはパラディール辺境伯の後継なのだ。

殺してしまえば色々と面倒な事態になっていただろう。

シャルロットがマリオンに治療魔術をかけようとするので、もう一度ほぼ無傷であることを説明し、セルジュの治療を優先してもらう。

「すごい。こんなに酷い怪我をするのは、生まれて初めてだ」

などとセルジュがどこか楽しそうにしているのは、ともかくとして。

学院一の治療魔術の使い手であるシャルロットのおかげで、セルジュの傷は、歩けるくらいにまで回復した。

オーギュストは拘束され、そのまま警備に引き渡された。

そもそも生徒でも来賓でもないのに、この学院の敷地に侵入したこと自体が罪である。

命に別状はないものの、重傷だからとシャルロットはオーギュストの治療も依頼されたが、きっぱりと拒否をした。

自分を襲おうとした人間に、触りたくないと言って。

しっかりと意思を持つようになった彼女が、何やら感慨深い。

マリオンの背中の打ち身も、シャルロットが治療してくれた。

「マリオン様の柔肌になんてことを……!!」

背中にできた大きな痣を見て、シャルロットはえぐえぐと泣いた。

圧倒的に重傷な異母兄の治療の際は平然としていたくせに、なぜだ。

その後呼ばれてきた国家保安官たちに、事情を聞きたいと請われ、兄妹に左右をがっちりと固められたまま、マリオンは立ち上がり歩き出す。

「……ちなみにセルジュ様。オーギュストにかけたあの魔術はなんですか？」

初めて見る魔術だった。おそらくセルジュが自分で作った独自の魔術なのだろうが。

「んー。前に極東の国の本を読んで、参考にしたんだ」

「…………」

その極東の国とやらには、嫌な予感しかしないのだが。

とりあえずマリオンは黙って、続きを促す。

「その国では叛逆《はんぎゃく》とかの重罪に科される凌遅刑《りょうちけい》と呼ばれる処刑方法があってね。何日もかけて死ぬまで少しずつ肉を削いでいくっていう……」

「あ、もういいです。なんとなくわかったので」

いったいどうなっているのか、その極東の国は。マリオンは震え上がった。

つまりセルジュはあの大量の小さな黒い影に、オーギュストの肉を少しずつ食わせるつもりだったのだろう。彼が死に至るまで、ずっと。

そして自分の体が少しずつ食われていくことに、耐えきれなかったオーギュストは白目を剝き泡を吹いたまま、運ばれていった。

彼は完全に精神に異常をきたしてしまい、意味不明な言動を繰り返しているという。

まあ、多少の過剰防衛はあれど、一応こちらが被害者ではあるので、たぶん大丈夫だろう。

そうして全ての聴取を終えた頃には、もう日付が変わっていた。

真っ暗闇の中、マリオンが真ん中になって、三人で手を繋いで歩く。

マリオンは、気持ちが沸き立っていた。この卒業の日を乗り越えたことが嬉しくてたまらない。

（……ちゃんと未来を変えられた）

シャルロットは屑共に穢《けが》されることなく元気に生きていて、セルジュは人を殺すことも殺人遊戯を催すこともなかった。

みんな生きて、無事にこの一日を終えることができた。幸せで思わず笑みが溢れる。

「私、頑張ったわね……！」

声に出して言えば、シャルロットもセルジュも笑って同意してくれた。

この三年間、本当に大変な日々だったが、全てがマリオンの希望通りに進んだ。

あの日、時間を遡ることを選択してよかったと、つくづく思う。

「……本当は卒業祝いにマリオンとの二人きりの晩餐《ディナー》を用意していたのだけど。こんな時間では無理かなあ」

「私も今日卒業したはずなんですがお兄様。なぜ参加者に含まれていないのでしょう」

「婚約者との幸せな時間にしれっと乱入しようとしないでくれたまえ、妹よ」

最近この兄妹は、他に人のいないところでは、そんなふざけたやりとりをする。

それが微笑ましくて、毎回マリオンは嬉しくなってしまう。

「きっと今からでも軽食なら用意してもらえますよ。帰って三人で食べましょう」

さすがに昼から何も食べていないので、お腹が空いている。

マリオンは二人の手を引っ張ると、デュフォール公爵家の馬車の待つ校門に向かって軽やかに歩き出した。

エピローグ　黒幕の独白

マリオンとセルジュの結婚式は、あの卒業式の日から十日後に王都の大聖堂で行われた。

それはデュフォール公爵家の財力を見せつけるような、盛大な式だった。

なんせ婚約から一年半の間、セルジュがせっせと準備をしてきたのだ。

ちなみにマリオンはその間、ほとんど何もしていない。

特にこだわりもないので、何もかもを彼に任せっきりにしてしまった。

(だからって、いくらなんでもやりすぎでは……!?)

その結果がこれである。本来大聖堂など王族以外には使用できないはずなのだが、母が元王女ということでねじ込んだらしい。

さらにマリオンの花嫁衣装は美しい艶のある白絹に、真珠が散りばめられたものだ。

『マリオンには真珠が似合うから』

　などという理由で、セルジュが国中から形のいい真珠を買い集めたらしい。かかった金額については恐ろしくて未だに聞けていない。

「マリオンお嬢様、本当にお美しいです……！　三年前はどうなるかと思いましたけど、私、この職場で働いていてよかった……！」

　ブラシでマリオンの髪を梳《と》かしながら、ナンシーが目を潤ませる。

　前回は結婚と同時にさっさとマリオンのもとから去っていったナンシーだが、今回の生では結婚しても仕事を続けてくれて、お付きの侍女として公爵家にまでついて来てくれた。

「ありがとうナンシー。あなたのおかげよ」

　赤い髪を美しく結い上げられ、花の形に真珠を散りばめられる。

　相変わらず手際がよく、そして完璧だ。

　マリオンの真紅の髪に、真珠はよく映える。セルジュの美的感覚は素晴らしい。

（でも値段を度外視するにも程がある……！）

　身分の違いについて、当初は色々と言われていたようだが、セルジュのマリオンへのあまりの執着に、今ではもう誰も何も言わなくなってしまったらしい。

　式が始まってすぐにずっと泣きっぱなしの父の腕に導かれ、祭壇前で待つセルジュのもとへと向かう。

もちろん祭壇に続く中心の最も近い席に、シャルロットもいる。

わずかばかりでもマリオンの花嫁姿を見逃したくないのか、彼女は先ほどからちっとも瞬きをしていない。

その血走った目が怖いから、そろそろやめてほしい。儚い系美女が台無しである。

彼女を親族の席に座らせることはできないが、その代わり親友として最もいい席を用意した。

シャルロットは今、初の平民出身の宮廷魔術師として王宮で働いている。

学生のときのように嫌がらせを受けそうなものだが、デュフォール公爵家と関係が深いという噂のおかげで、目に見える形のものは、まだ受けていないらしい。

今回シャルロットの座っている席は、その噂の裏付けになるだろう。

それでももし嫌がらせを受けるようなら、マリオンはもちろん大人げなく公爵夫人としての権力を使う所存である。

ゆっくりと時間をかけて祭壇に辿りついた花嫁姿のマリオンを見て、セルジュが眩しげに目を細めた。

「……本当に、綺麗だ」

父からマリオンの手を譲り受けると、腰を抱き寄せて、そう耳元で囁いてくれるセルジュこそが綺麗である。

白の婚礼衣装を纏い、髪の毛を綺麗にまとめた彼は、女の子なら誰もが一度は夢見る王子様そのものであった。どこもかしこもキラキラである。

もちろんマリオンも見惚れた。魂が抜けそうになった。相変わらず外見だけは完璧だ。

「セルジュ様も。とても格好いいです」

緊張しつつも言えば、セルジュは嬉しそうに笑ってくれた。

もう彼の笑顔を見ても、怖気が走ることはない。

きっとあの殺人遊戯《デスゲーム》を、完全に過去のものにできたからだろう。

そして二人は手を取り合って前を向き、神のもとに、永遠の愛を誓い合った。


(——そう。そこまではよかった。そこまではよかったのよ……!)

マリオンはデュフォール公爵家王都別邸の寝台の上で、心底嘆いていた。

すでにナイトドレスは引き剝がされて、生まれたままの姿にされており、両手はまとめて頭の上で、動かせぬよう拘束魔術をかけられている。

なんとかこの拘束魔術を解術しようと、必死に魔力で干渉し解読をしているのだが。

（構成式がめちゃくちゃねちっこい……！　これだから天才は嫌なのよ……！）

先日オーギュストにかけられた拘束魔術など、単純で可愛いものである。

「いい眺めだなあ……やっぱりマリオンは綺麗だ」

目の前にはその様子をうっとり幸せそうに見ている、今日夫になったばかりのセルジュがいる。

似たような言葉を式の際にもかけられた気がするが、その重みが天と地ほどに違う気がする。

もうすでに数えきれないほど体を重ね合っているとはいえ、新婚初夜だ。

もう少し手心を加えてくれてもいいのではないか、と新妻マリオンは思う。

「早く外せるといいね！　まあ、君の実力じゃ一時間はかかるだろうけど」

「…………」

一瞬頭の中に浮かんだ罵倒を、マリオンはなんとか口に出さずに堪えた。

いやらしいことにセルジュは、ちゃんとマリオンの魔術の実力を鑑みて仕掛けてくるのだ。

よって彼の想定する解術のための所要時間は、ほとんど正しい。

そしてその間、マリオンは体をセルジュに好き放題されてしまうのである。

（今回こそは大幅に短縮してみせるわよ……！）

魔術のことに関しては負けず嫌いなマリオンは、こうしてまんまとセルジュに乗せられてしまうのだ。

マリオンの上にセルジュが乗り上げてきて、唇を重ねてくる。

最初は表面を触れ合わせるだけの優しいものだが、すぐに深く咥え込まれ、口腔内に舌を差し込まれる。

「んんっ……！」

鼻で呼吸をしようとすると、甘ったるい声が漏れてしまう。その間もセルジュの熱い舌がマリオンの口腔内を探る。

こうして自分の内側をセルジュに曝《さら》け出すことも、すっかり慣れてしまった。

互いの舌を絡め合っているうちに、腰のあたりが熱を持って重くなる。

（頭が働かない……！）

手の拘束を外したいのに、セルジュに触れられるとすぐに思考にふわふわと靄《もや》がかかってしまう。

ようやく唇が解放されると、セルジュはマリオンの首筋に舌を這わせ、そのまま少しずつ下へと移動していく。

やがてマリオンの豊かな乳房へと至ると、その頂きを舌先で突っつく。

「あっ……！」

ささやかな刺激でぷっくりと膨らんでしまったそこを、さらに吸い上げられ、軽く歯を当てられるたびに、痛痒いような甘い疼きが起こる。

胸を弄られ続けているうちに、下腹部の疼きは酷くなり、マリオンは腰をわずかに揺らしてしまった。

「もう、いや……」

じわじわと追い詰められながら、けれども胸だけでは果てが見えない。

太腿に力を込め、膝を擦り合わせて、なんとかこの熱を逃そうとするが、それに気付いたセルジュがすぐに脚の間に己の体を割り込ませて、それを許してくれない。

「胸だけで達せるようになるには、まだ時間がかかるかなあ」

そして何やら恐ろしいことを言っている。たぶん無理なので諦めてほしい。

腹の奥が疼くたびに、何かが内側からとろりとこぼれ落ちる感覚がある。

どんどん追い詰められていくこの中途半端な状態が、耐え難い。

「セルジュ様……お願い……」

潤んだ視界で懇願すれば、なぜかセルジュが何かを堪える顔をした。

「マリオンが可愛いから今すぐ突っ込みたくなっちゃった。危ないなあ」

この状態を続けられるくらいなら、いっそ突っ込んでもらったほうがいい気がするのだが。

セルジュはまだ焦《じ》らすらしい。辛い。

もう何度も暴《あば》かれて、あっさりと広がるようになってしまった割れ目に、セルジュの指が伸ばされる。

そこはすでにしとどに濡れていて、セルジュの指はそれを潤滑剤にして滑らかに動く。

敏感な襞《ひだ》をぬるりと辿り、すっかり存在を主張するようになってしまった小さな神経の塊に触れる。

「ああっ！」

わかりやすい快感に、マリオンの腰が跳ねた。

だが快感を逃させないように、セルジュはマリオンを強く抱き込んで、拘束する。

そして執拗に、その小さな突起を擦り上げ、摘み上げ、時に押し潰した。

「もう、だめ……！　あああっ……！」

与えられた強い快感によって、マリオンは一気に絶頂に駆け上がった。

下腹部が内側に向けて引き絞られ、胎内が脈動し、痛痒いような痺《しび》れが全身に広がる。

達している間に、セルジュがマリオンの蜜口に指を埋め込む。どうやら波打つ膣壁を楽しんでいるようだ。

「ひっあ、あ……！」

セルジュに敏感な膣壁を指の腹で押し上げられ、絶頂が長引く。

もし拘束されていなければ、必死になって彼の手を押し止めていただろう。

（なんとか拘束を解かないと、おかしくなっちゃう……！）

手首に意識を向けようとするが、そのたびにセルジュが中を拡げるように刺激してくる。

さらにはマリオンの脚の間に顔を埋め、蜜口の上にあるすっかり赤く腫れ上がってしまった陰核を根本からねっとりと舐め上げた。

「やあああ……！」

二度目の絶頂はあっさりと訪れた。ガクガクと腰が震え、マリオンはセルジュの顔にそこを押し付けてしまう。

「ごめんなさい……！」

思わず謝るが、セルジュはむしろ嬉しそうだ。股を押し付けられているというのに、なぜ嬉しそうなのか。

しかも絶頂している間にも、膣の中の指を搔き出すように動かし、陰核を甘噛みして吸い上げるという容赦のなさである。

快感が強すぎて耐えられず逃げようと必死に身を捩るが、圧倒的な力で押さえつけられていて、逃れられない。

長く続く快楽の波にさらされ、ようやく落ち着いたときにはマリオンの体はもう脱力していた。

（……拘束魔術を、解術しなきゃ……）

働かない頭で、必死に構成式を解いていく。

一方セルジュはマリオンの中から指を引き抜くと、彼女の脚を大きく開かせ、着ていたガウンを脱ぎ捨てた。

そこにはすっかり見慣れてしまった、セルジュの立派な男性器がある。

血管を浮き上がらせながら雄々しく勃ち上がり、先走りで先端が濡れている。

初めて見たときは怯えたものだが、今は自分を欲してくれているのだと、愛しく思えてしまう。

マリオンの蜜口に、セルジュの欲望があてがわれる。

よく濡れているからか、ぐちゃりと卑猥な水音がした。

「……マリオン。挿れるよ」

そう言ってゆっくりとマリオンの中を押し開きながら、セルジュが入り込んでくる。

その最初の圧迫感は、不思議と今でも慣れない。

ぞくぞくと背中に切ない何かが走り、爪先がシーツの表面を掻く。

やがて奥まで届き、互いの腰があたったところで、セルジュが愛おしそうにマリオンの唇に口付けた。

「ああ、やっぱりマリオンの中は気持ちがいいなあ……」

うっとりとそう幸せそうに漏らされると、これまでの彼の無体への憤りがスッと消えてしまうから、困ったものである。

マリオンは目を瞑り、一気に手首の拘束魔術を解いた。そしてセルジュの背中に手を回す。

するとまるでひとつになってしまったような、満たされた気持ちになる。

「あれ、想定よりずいぶんと早いね……」

少し驚いたようにセルジュが言うので、マリオンは得意げに笑った。

「だってセルジュ様を、抱きしめたかったんですもの」

だから頑張ったのだというマリオンの言葉を聞くなり、セルジュが片手で顔を覆った。

何やら耳がうっすらと赤い。

（あら？　もしかしてセルジュ様、照れてる……？）

マリオンは衝撃を受けた。なんと彼にそんな機能が残存していたとは。

しばらくしてなんとか羞恥心の最高潮《ピーク》を越えたのか、セルジュがようやく顔から手のひらを外す。

いつもの微笑みを浮かべながらも、その目は何やら据わっていた。

「……マリオンは僕を煽るのが上手だね」

（あ、これ、まずいかも……）

マリオンの背筋がひやりと冷えた瞬間、セルジュが抜けるギリギリまで腰を引き、勢いよく打ちつけた。

「ひっ……！」

思い切り奥を突かれ、マリオンはその衝撃で首をのけぞらせる。

セルジュは容赦なく、そのまま何度もマリオンを激しく揺さぶった。

「や、あ……！　お願い……。もっと優しく……！」

そのあまりの激しさに、自分がどうなってしまうのかと恐怖を覚えたマリオンは思わず助けを求めるが、セルジュはちっとも容赦をしてくれない。――さらには。

「――ああ、もっと奥まで入りたい」

などと言い出し、マリオンの片足を己のほうまで持ち上げて、さらに奥深くまで突き上げる有様である。

「も、だめ、壊れちゃう……！」

とうとうマリオンが泣きだすと、ようやく腰を止めてくれた。

だがマリオンの泣き顔を、嗜虐的な顔で見て舌舐めずりをしているので、嫌な予感しかしない。

「だったら自分で動いたらいいよ」

するとセルジュは繋がったままマリオンを抱きしめて反転し、己の上に跨《また》がらせる。

「……え？」

突然上にされて、マリオンが困惑する。いったいどうすればいいのか。

「ほら、好きなように動いてごらん」

これはマリオンが自ら動くまで、解放してくれない気だ。

恐る恐る腰を揺らしてみる。セルジュに動かれるよりも、優しい快感で安堵する。

無意識のうちに自分が気持ちよい場所に当たるよう、腰を動かす。

（恥ずかしい……）

はしたない女になってしまったようで、羞恥に襲われる。

その姿を楽しそうに見ているセルジュが、気に食わない。なのに彼の視線でさらに体が敏感になっている気がする。

しばらく必死に腰を動かしたが、マリオンは次第に物足りなくなってきた。

(……奥が、切ない)

自分が動くだけでは届かない、奥が疼くのだ。

だがそれを口に出すのはどうしても抵抗がある。気付いてくれないかとセルジュに視線を送るが、彼は相変わらず楽しそうに笑っているだけだ。

(……絶対わかっているくせに……!)

今日も夫の性格が悪い。マリオンはまた泣きそうになってしまった。

だいたい拙《つたな》いマリオンの腰使いでは、セルジュも達せないだろう。

「セルジュ様……」

希《こいねが》うように、名を呼ぶ。この体の疼きをどうにかしてほしくて。

「どうしたの？　マリオン」

だが彼はあえてわからないふりをする。マリオンが自ら口に出すまで絶対に許すつもりはないらしい。

とうとう堪えきれなくなってしまったマリオンは、顔どころか体も赤く染めて、小さな

声で言った。

「……お願い。動いて」

それを聞いたセルジュが、下から思い切りマリオンを突き上げた。

「ひいっ！」

セルジュの体の上でマリオンが跳ねる。そして落ちてきた自重でさらにずぶりと奥まで穿たれる。

「や、あ、あああ……！」

欲しかったものを一気に与えられて、マリオンは深い絶頂に達した。

セルジュはそのまま上体を持ち上げて、噛み付くように妻に口付けをする。

それからマリオンの腰を両手で摑むと、そのままガツガツと突き上げ、——そして。

「くっ……！」

小さく呻《うめ》いて体をぶるりと震わせると、マリオンの中に子種を吐き出す。

「あー、孕ませてるって感じ。気持ちがいい……」

そして余韻を台無しにすることを口に出した。

それなのに彼の言葉に、きゅうっと胎が切なく疼く。

マリオンの体も、彼の子供が欲しいと本能的に望んでいるのだろう。

確かに今日から夫婦なのだから、避妊魔術は必要ない。

二人で荒い息を整え合って、鼻先を触れさせ合って、それからまた口付けをする。

「――愛してるよ、マリオン」

――いつも言葉の意味の重さよりも軽く感じてしまう、セルジュのそんな言葉に。


「……私もセルジュ様を愛しています」


マリオンが自然に応えれば、セルジュが美しいその深い水底の目を大きく見開いた。

もしや言ってはいけなかったのかと、マリオンが慌てたところで。

セルジュの目が潤み、幸せそうに笑み崩れた。

「今際《いまわ》の際《きわ》になるまで言ってもらえないと思っていた」

「むしろなんでそう思ったんですか」

マリオンは小さく吹き出す。まさかセルジュがそんなにもマリオンから愛される自信がなかったなんて。

だがよく考えてみれば、今日に至るまでマリオンは、一度たりとも彼に好意を伝えるような言葉を口にしたことがなかった。

セルジュが何もかもを強引に決めていってしまうので、己の心を鑑みる余裕がなかったとも言えるが。

気がつけば、彼と生涯を共にする未来しか、見えなくなっていた。

セルジュがマリオンを抱きしめて、そのまま寝台に沈み込む。

そしてマリオンの燃えるような赤い髪を指で梳きながら、口を開く。

「……ねえ、マリオン。もう君の夢の中の僕は、君を殺したりしないかい？」

マリオンは驚き、わずかに目を見開く。

それからかつて自分が彼を怖がる理由を、夢の中で殺されたからだと言ったことを思い出す。

セルジュはそのことを、ずっと気にしていたらしい。

マリオンは彼の裸の胸元に、頬を寄せて頷く。

「ええ。だってセルジュ様は私を殺したりしないでしょう？」

マリオンを守るため、オーギュストに一切抵抗をせず血まみれになった彼を思い出す。

自分の命よりも、マリオンの命を大切に思い、惜しんでくれた。

あのとき、マリオンがそれまで彼に対して覚えていた恐怖が、全て消えていった。

「……ああ、もちろん」

セルジュの胸元に耳を当てて彼の鼓動を聞いているうちに、マリオンの瞼が重くなってしまった。

今日は早朝から結婚式の準備があり、結婚式があり、祝宴があり、そしてやたらと濃い初夜まであったのだ。

貴族女性にしては比較的体力のあるほうのマリオンでも、限界であった。

うとうととしていると、セルジュが彼女の耳元で囁く。

「おやすみ。マリオン。よい夢を」

夫の優しい声に誘われて、マリオンはそのまま夢の世界へと旅立ってしまった。

◇◇◇◇

腕の中で眠るマリオンを、セルジュは愛おしげに目を細めて見つめる。

（……ああ、可愛いなあ）

生来何にも執着しないはずのセルジュが、初めてはっきりと『欲しい』と思ったもの。

（これでやっとマリオンは、名実共に僕のものだ）

その全てが自分のものになったと確信し、満たされた気持ちになる。

自分がこんな人間らしい感情と幸せを手に入れられるなんて、一回目のときは想像もできなかった。

(マリオンという存在を知り、そして得るためにも、僕にとってあの一回目は必要だったのだろうなあ)

そう、実はセルジュには、マリオンやオーギュストと同じく一回目の記憶がしっかり残っていた。

もはや同じ状況を作ることはできないため確証はないが、あの蟲毒魔術の魔法陣の中心部にいた人間だけが、前回の記憶を失っていないのではないかと考えている。

(まあ、これ以上マリオンを怖がらせたくないから、一生打ち明けるつもりはないけどね)

間違いなく一回目の自分は、彼女にとってただの殺人鬼であろうから。

だからセルジュは、一回目の人生は妹を理不尽に奪われた兄による復讐譚《ふくしゅうたん》としてマリオンが認識するように仕向けたのだ。

ありがたいことに純粋でお人好しのマリオンは、そのままセルジュがシャルロットの復讐及び彼女を生き返らせるために殺人遊戯《デスゲーム》を催し、その手を血に染めたのだと思い込んでいる。

シャルロットの死さえなければ、セルジュはまともな人間だったに違いないと。

そしてセルジュは自分には前回の記憶がないことにして、二回目の人生はなんの罪も犯していない、まっさらなセルジュ・デュフォールを作り上げたのだ。

(まあ、実際にはあの殺人遊戯《デスゲーム》の前からも、色々とやっていたんだけどね)

セルジュは子供の頃から、人並みはずれた能力を持っていた。

大抵のことは一度見れば覚えてしまう。魔術も学問も全てが容易い。身体能力も高く、どうやら見た目も非常に美しいらしい。

おかげで他人に劣等感を持つ、という経験を一度もしたことがなかった。

そのため何かに執着心を持つ、という経験も一度もしたことがなかった。

それらは人として汚い感情のように思われるが、一方で、それがないと生きること自体に面白みを得られなかった。

嫉妬や欲望は、人が動くための原動力でもあるということだろう。それがないセルジュは、いつも空虚だった。

この世界には自分以下の人間しかいない。

そうなると人間の区別も比較的どうでもよくなった。

貴族だろうが平民だろうが、全ての人間は総じて自分以下だ。

他人の命の大切さもわからなければ、自分の命の大切さとやらもあまりわからなかった。

異母妹であるシャルロットを拾ったときも、さしたる思い入れはなかった。

セルジュが唯一興味を持つことができたのが、魔術だった。自分の作った魔術で起こる現象は、少しだけ面白いと思えた。

シャルロットが持っている魔力が自分が持っている魔力とは真逆だったから、いずれ何かに利用できそうだと考えたから拾ってやった。

だがシャルロットが徐々に大きく賢くなっていく姿を見るのは、少し興味深かった。

人の成長過程など、これまで周囲に子供がいなかったため知らなかったのだ。

知らぬ間にシャルロットがセルジュが持ったことのない志《こころざし》というものを持ち、理不尽と戦おうとしていることに対しても、まるで理解ができなくて面白かった。

その美しい容姿を使って、いくらでも条件のいい男を手に入れ、なんの不自由もなく暮らせばいいものを。

なぜそんな面倒なことを、わざわざするのだろうと思った。

だが彼女のまっすぐな目を見るのは、たぶん嫌いではなかったと思う。

そしてシャルロットは必死に自分に向けられる侮蔑に耐えながら、結局そのどうしようもない理不尽と不条理に打ち勝つことはできず、無惨に潰されてその命を絶った。

治療魔術しか使えない彼女は、複数人の男を前にどうすることもできなかったのだろう。

突発的に高い建物から飛び降りたという彼女の遺体は、損傷が酷かった。

セルジュから見ても美しいと思えた、その原形を留めていなかった。

おそらく即死でなければ、シャルロットの魔力が彼女を生かしてしまうからだろう。確実な死を彼女は望んだのだ。

彼女の死にセルジュの心のどこかがモヤモヤした。明確に不快だと感じた。

それは彼が生まれて初めて感じた、憤りだった。

どうやら自分は、理想を持ち努力する人間が報われない姿というものが、あまり好きではないらしい。

シャルロットの身に何が起きたのかを、知るのは容易かった。

自慢げに男たちがそのときのことを喧伝《けんでん》していて、さらには彼女が乱暴される様子の魔術動画が、密かに学院の男子生徒の間に出回っていたからだ。

平民の女一人、乱暴したところで、貴族の男どもは罪に問われない。

それを知っていて、彼らはシャルロットをその手にかけたのだろう。

仕方がない、それがこの世界の仕組みだから。

彼らはシャルロットを、自分と同じ人間とは認識していなかったのだ。

ただ彼らがひとつ盲点だったのは、彼女がセルジュの所有物のひとつだったことだ。

自分の所有物を勝手に壊されたら、それに報復する権利が所有者にはある。

ちょうどそのとき、セルジュは法律では禁止されている黒魔術に傾倒していた。

それは生贄を捧げることによって発動する、その残酷さから使用を法で禁じられている魔術だった。

それと最近読んだ本に書かれていた極東の国の呪術を組み合わせることで、セルジュはひとつの魔術構成を思いついた。

当初は虫や動物を使って実験しようと思っていたのだが、これを魔力を持った人間でやってみたらどうだろう、と考えたのだ。

生贄の質と多さによって、黒魔術はその威力を増す。

かつてそれにより、ひとつの国が滅びた例があるらしい。

ちょうど都合よく不愉快な人間たちがいる。だったら彼らを有効利用してやろう。

そうしたらこのモヤモヤした不快な気持ちが、少しはマシになる気がする。

だがその魔術を構成する上で、願いが必要だ。

全てに恵まれたセルジュには、個人的な願いがない。

そうだ。それなら可哀想なあの子を生き返らせるのはどうだろう。うん、それがいい。

その魔術を構築するのは、セルジュであってもなかなか骨が折れた。

だから完成したときは、珍しく気分が高揚した。

困難に立ち向かうという疑似体験ができて、なかなかに楽しかった。

学院の生徒だった頃からセルジュの狂気に気付いていて、彼を止めようとした学院長には悪いが死んでもらった。

魔力の粒を相手の体内に忍ばせ、重要な臓器で破裂させるというセルジュの作った暗殺用の魔術はとても役に立った。なんせ一見ただの心臓の病《やまい》にしか見えないのだから。

学院長の名を語り、シャルロットを蔑み殺した特権クラスの人間たちを卒業式の後学院に閉じ込める。

そして彼らに殺し合いをさせた。学院卒業後の天国と、そこから急転直下の地獄。なかなかに無様で凄惨な、いい見せ物だった。

何人かシャルロットの件と全く関係のない人間が巻き込まれているが、まあ、運がなかったと諦めてほしい。

彼女だって運がなくてあんな目に遭ったのだから、仕方がないだろう。人生とは所詮そんなものだ。

そうして最後まで生き残ったのは、シャルロットを襲った主犯であるオーギュスト・パラディールだった。

勝利を叫ぶ彼の足元では、ボサボサの赤毛をした女生徒が血塗れで倒れている。

騙し討ちをされ、ほとんど抵抗できずに彼女は殺されたようだ。

オーギュストは表面上は成績優秀で品行方正な青年を装っているようだが、裏ではなかなかにやりたい放題しているらしい。

いわゆる屑の類だ。生きていたところで、この世に何ももたらすまい。

セルジュはオーギュストの首を落とし、魔法陣を起動させる。

彼の理論は完璧だったはずだった。——だが最後の生贄を捧げたのに、魔法陣は静かなまま。

どうやらセルジュは生まれて初めて、魔術を失敗したらしい。

この年でも新しい経験があるのだな、と彼は妙な感慨を覚えた。

元々生には飽《あ》いていた。特に死ぬ理由もないから生きているだけの、空《から》っぽな存在。

これだけのことをして、全て揉み消すことは、できなくはないがさすがに面倒だ。

シャルロットが生き返ればどうにかしただろうが、結果はあえなく失敗であったし。

(もう何もかも面倒臭いから、死んでしまおうかな)

そうして後のことは全て放棄して、セルジュは自ら命を絶った。

もとよりセルジュは神を信じていない。よって自殺に対する抵抗もない。

本当に神なんてものがいて、地獄に落とされたのなら、それはそれで楽しそうだ。

そんなことを考えていたのに。

――永遠の眠りのつもりが、セルジュは目を覚ました。しかも三年も前の日の朝に。

（いったいなぜ……？）

さすがのセルジュも混乱した。己の身に何が起こったのか。

何もかも全てがセルジュの記憶通りの三年前だ。

その日、死んだはずのシャルロットが、若干幼い姿で魔術学院に入学すると挨拶しに来たことすらも。

彼女の未来を知っている。最期の無惨な姿が、頭の中にちらつく。

やめろと言うべきだ。最低でも貴族の養子に入れと言うべきだ。それなのに。

『平民でも魔術師になるという、その前例を作りたいのです』

けれどおどおどと気の弱いシャルロットがまっすぐに前を見て、その決意を語る姿に。

セルジュは彼女を止めることはできなかった。

厳しい未来が待っているとわかっていて、それでも。

（――さて、どうするかな）

彼女が意思を変えないのなら、周囲を変えてしまうしかない。

まずはなぜこんなことになっているのか、セルジュはその原因を考えることにした。

おそらく自分が死んだ後、誰かが自分の代わりに蠱毒魔術の魔法陣を使い、時間を遡ったのだろうと推測する。

あのとき、間違いなくオーギュストは死んでいた。セルジュ自身がその首を切り落としたのだから間違いない。

ならば、あと考えられる存在は。

（――彼の足元に倒れていた、ボサボサの赤毛の女）

おそらく彼女は、なんらかの理由で死んでいなかったのだ。

だからあの魔法陣は起動しなかった。――生贄が足りなかったから。

そしてセルジュ自身が最後の生贄になることで、さらに強大になった魔法陣に命じ、彼女は時間を遡らせたのだ。

（だが、なぜわざわざそんなことを？）

理解ができない。生きていたとしてもあの出血量であれば、致命傷だったはずだ。

それなのになぜ自分の救命を魔法陣に願わず、わざわざ時間を遡らせることを選んだのか。

セルジュは記憶を辿り、あの赤毛の女生徒がマリオン・アランブールという名の子爵令嬢であることを思い出した。

瓶底のような眼鏡をかけ、酷い猫背で、艶のないボサボサの真っ赤なくせっ毛をいつも一本に三つ編みしている地味な女だった。

二年までは一般クラスにいて、三年になって突然特権クラスに入ってきたという異色の生徒だったから、なんとなく印象に残っていた。

また彼女の書いた様々な魔術についての論文もなかなか面白く、何度か目を通していた。

(――彼女と接触してみたい)

なぜそんなことをしたのか、彼女に直接聞いてみたい。

それはセルジュが久しぶりに抱いた、他人への興味だった。

そしてやってきた二回目のシャルロットの入学式。生徒会長であるセルジュは、在校生代表として参加していた。

式は粛々《しゅくしゅく》と進み、やがて新入生代表として、壇上に一人の女が立った。

セルジュはわずかに眉を顰める。自分の知る未来とは違う。前回ここに立っていたのはオーギュストであったはずだ。

彼女は落ち着いた声で堂々と答辞を終えると、最後にこう言った。

「新入生代表、マリオン・アランブール」と。

「…………！」

それは、セルジュが会いたいと切望している女の名前だった。

あまりにも彼女の見た目が変わっていて、気付けなかったのだ。

かつてボサボサでひとつに編み込まれているだけだった赤毛は、今では綺麗に整えられて、艶々と背中に流されている。

猫背だった背中はまっすぐに伸ばされ、その美しい体の線が露わになっており、瓶底の眼鏡で隠されていた空色の目は、理知の光を湛えて輝いていた。

猫のような綺麗な円旦杏型《アーモンド》の瞳をしているからか、少々高慢そうな雰囲気はあれど、その美しさを損なうものでは決してない。

かつてとの落差《ギャップ》もあって、セルジュは魂が抜けてしまったかのように、彼女に見惚れた。

それから確信を持つ。時間を遡らせたのは、間違いなくこのマリオン・アランブールであると。

すると彼女のことが気になってたまらない。こんなことは生まれて初めてだ。

どうしても彼女の姿を目で追ってしまう。目が合えばなぜか鼓動が速くなる。

だが彼女はセルジュに関わりたくないようだ。近くに行くとあからさまに嫌そうな顔をされる。まあ、それは仕方がない。

セルジュがあの魔術の生贄として、彼女を巻き込み殺そうとしたのは事実なのだから。

変わったのはそれだけではない。シャルロットが毎日生き生きと楽しそうに魔術学院に通うようになった。

前回の生では今にも死にそうな、暗い顔で通っていたのに。

どうやら嫌がらせから庇ってくれるマリオン・アランブールに心酔し、腰巾着として常にまとわりついているらしい。

我が異母妹ながら、羨《うらや》ましいなどと思っていない。少ししか。

そしてセルジュは納得する。マリオンがなぜあんなことを願ったのか。

(――ああ、彼女は聞いていたのか)

セルジュがオーギュストに話した、シャルロットに起こった悲劇を。

――だから彼女は時間を遡り、シャルロットを助けに来たのだ。

なんという善良な人間なのかと、セルジュは感嘆する。

全ての願望を叶える手段が目の前にあって、彼女は迷わずシャルロットに人生をやり直させることを選んだのだ。

こんな人間が存在するなんて。世界は自分が思っていたよりも、美しくて面白いものだったのかもしれない。

これまで見ていた景色が、一気に色鮮やかになった気がした。

彼女の何もかもが好ましくて、愛《いと》おしくて、この手の中に囲ってしまいたくて。

セルジュは生まれて初めて、執着心というものを知った。

これまでにない必死さで、彼女を手に入れようと足掻《あが》いた。

おかげでマリオンとの結婚を反対する父親を殺すことになったり、彼女とシャルロットに嫌がらせをしようとする者たちを粛々と処分したり、少々王家を脅したりと、手間は増えたものの彼女を手に入れるためならば、全てが些事である。

そしてセルジュは多少卑怯な手を使い、追い詰めるような真似をしながらも、なんとかマリオンを婚約者にすることができた。

もちろん道徳など備わっていないセルジュは、マリオンに可及的速やかに手を出して、彼女がもう自分以外には嫁げないようにした。

体だけでも逃げられないように、囲い込んでしまいたかった。

婚約して一年半。ようやくマリオンが学院を卒業し、結婚ができる段階になって。

突然魔術学院に、あのオーギュストが現れた。

彼は前回、セルジュに殺された記憶がよほど恐ろしかったのか、屋敷に引きこもって学院には入学してこなかった。

つまりはオーギュストにも前回の記憶が残っているということだ。

よってセルジュはマリオンに真実が露見する前に、いずれ彼を殺すつもりではあったのだが。

そのまま遠く辺境の地で閉じこもっていればもう少し長く生きられたものを、起死回生でも狙ったのか、彼はわざわざセルジュを殺すために王都に出てきたのだ。

もしかしたらセルジュが密かに彼の生家であるパラディール辺境伯家に圧力をかけていることに、気付いたのかもしれない。

そしてオーギュストは、シャルロットを人質にするつもりで学院にやってきたらしい。

どうやら前回セルジュが蠱毒魔術を作った理由を、シャルロットのためだと考えていたようだ。

だがあろうことか、一緒にいたマリオンがシャルロットを逃がし、代わりに人質になってしまった。

シャルロットが泣き叫びながら走って馬車まで助けを求めにきたときは、セルジュの全身から血の気が引いた。

生まれて初めて全速力で走り、彼らがいるという校舎裏へと向かい、そこでオーギュストに拘束されたマリオンを見た。

無事だと安堵し、それからすぐに怒りが吹き出した。まるで全身の血が沸騰《ふっとう》するかのような感覚。

それは自分の大切なものに、勝手に触れられているという怒りだった。

「お前にも記憶が残っているはずだ！」

そしてオーギュストは、前回の記憶があることを、マリオンの前で暴露してしまった。

セルジュを見るマリオンの目にも、疑念が浮かんでいる。

セルジュに、あの殺人遊戯を起こした、黒幕としての記憶があるのかと。

もちろん、ある。それがあるからこそ今、セルジュはマリオンに執着しているのだから。

――だが、セルジュはそれを断固として認めないことにした。

所詮記憶があるかないかなど、脳を取り出してみたところで誰にも証明することなどできない。

セルジュが『記憶にない』と言い張れば、記憶にないことになる。

セルジュがかつての記憶を認めないことに、言葉が通じないことに、オーギュストが苛ついている。

「……嬲《なぶ》り殺しにしてやる……！」

そしてセルジュに向かい、魔力の槍を投げつけてきた。

正直避けることもできるし、打ち消すこともできる。

何ならすぐにでもオーギュストを殺すことだってできる。

だがセルジュはこれを利用し、マリオンに情で訴えることにした。

人質に取られたマリオンのために、ここでセルジュが傷を負えば、優しく善良な彼女のことだ。セルジュを悪く思うことなどできまい。

そしてセルジュはあえてオーギュストの攻撃を受け、右腕、左脚に、後遺症が残らない程度の傷を負った。

立っているのが難しくなり、その場に頽《くずお》れる。

マリオンがセルジュのために泣き叫んでいる声が、何やら心地よい。

（――さて、そろそろいいかな）

セルジュの計画を台無しにした報《むく》いは、しっかりと受けてもらわねばなるまい。

だが愛しのマリオンは、セルジュが思っていた以上に無鉄砲であった。

それじゃあ殺すかと顔を上げれば、覚悟を決めたまっすぐな彼女の目があった。

嫌な予感がして、思わず声をかけようとしたところで。

マリオンは突然ヒールでオーギュストの足を踏み抜き、痛みで拘束が緩んだところで彼の腕から逃れしゃがみ込んだ。

そしてオーギュストの脚の間に腕を突っ込み、内側から振り抜いて、彼をひっくり返したのだ。

それから唖然としているセルジュのもとへと走り出して。

——その背にオーギュストの攻撃を受けた。

地面に崩れゆくマリオンが、異常にゆっくりと見えた。

セルジュは駆け出して、彼女が地面に叩きつけられる前に抱き留める。

動いたせいで左脚と右腕の傷口から血が吹き出したが、興奮状態で痛みは感じなかった。

「マリオン……！」

セルジュの腕の中で、青い顔をしてぐったりと脱力しているマリオンを見ていたら、これまで感じたことのないこの感情が込み上げてきた。

(殺してやる……！)

おそらくそれは、憎悪と呼ばれるもので。

人質を失った以上、もはやセルジュには勝てないと判断したのだろう。起き上がったオーギュストがこちらへ背を向けて一目散に逃げていく。

セルジュはオーギュストが作ったものと同じ魔術式の、けれども何倍もの威力がある槍を作り出し、彼の膝を砕いてやった。

汚らしい叫び声が聞こえる。だが簡単には死なせてやらない。

思いつく限りの残酷な方法で、苦痛のあまり殺してくれと懇願するくらいの方法で、嬲り尽くしてから殺さなければ。

そしてセルジュは蠱毒魔術と同時期に作った魔術を展開する。

凌遅刑のように、少しずつ肉を喰い千切らせ、何日も苦しみ抜いた上で死に至らしめるセルジュの作った魔術。——だが。

「やめてください。セルジュ様」

痛みにのたうち回るオーギュストを目にして、掠れた声で、マリオンが止めた。

「人を殺してはいけません」

愛しの恋人は、自分が重傷を負ったときにすら、綺麗事を言うらしい。セルジュは苛立つ。オーギュストにはマリオンの何倍、いや何十倍もの苦しみと痛みを与えねばならないのに。

「——私、無傷です」

だからセルジュは怒りに駆られて、彼女の言葉が一瞬頭に入らなかった。

(――無傷？)

あんな攻撃魔術が直撃したというのに？

だが確かに言われてみれば、マリオンの制服には血がついていなかった。むしろ血みどろなのはセルジュのほうである。

すると体が温もりに包まれる。どうやらマリオンが抱きしめてくれているようだ。

彼女のほうから抱きしめてくれたのは、これが初めてだった。

優しく背中を撫でる彼女の手に、セルジュは動揺し、思わず展開していた魔術を解いてしまった。

「セルジュ様！　マリオン様ぁぁ！」

すると遠くから、衛兵や教師を引き連れたシャルロットがやってきた。

そしてようやく、それまで忘れていたセルジュの傷の痛みもやってきた。

「あれ？　結構痛いな」

「当たり前でしょう！　セルジュ様！　いい加減離してください！」

「え、それは嫌だ」

なんやかんやしていると、シャルロットが泣きながらやってきて、血まみれのセルジュに悲鳴を上げた。

「マリオン様！　治療を……！」

そしてシャルロットは血まみれのセルジュを後回しにして、無傷の親友を先に治療しようとした。

さすがは我が異母妹である。その気持ちはよくわかる。

「あのね、本当に私は打ち身くらいで、重傷なのはセルジュ様なの。セルジュ様を先に治療して差し上げて」

そしてマリオンが心配そうに、潤んだ目でセルジュを見上げてくれる。

前回の記憶云々は、どうやらうやむやになったらしい。わざと怪我をした甲斐があった。

そして生まれて初めてした大きな怪我が、むしろ痛くて興味深い。

わくわく自分の傷口を見ていたら、シャルロットに気持ち悪そうな顔をされ、ぞんざいに治療された。やはりさすがは我が異母妹である。

シャルロットの治療のおかげで動けるようになったセルジュは、痛みに耐えきれずに気絶し担架で運ばれていく体中傷だらけのほぼ肉塊状態のオーギュストに、ひとつだけ黒い毛玉を忍ばせて、いつもの笑みを浮かべる。

きっと長い時間をかけ、毛玉は彼を食い尽くしてくれることだろう。

（内側から喰わせれば、原因不明になるだろうし。まあ、痛みに耐えられなくて自ら命を絶ってしまうかもしれないけどね）

それはそれで、因果応報ということでいいだろう。

そうして無事にかつて殺人遊戯《デスゲーム》が行われた卒業式の日が、誰一人欠けることなく終わった。

日付が変わった瞬間、マリオンは晴れ晴れと幸せそうに笑った。

おそらく彼女はずっと、この日を乗り越えることを目標にしていたのだろう。

そしてその日から、マリオンはセルジュに対し警戒心を失ったようだった。

どうやらセルジュが彼女のために深い傷を負ったことが、よかったらしい。

そこまでしてくれるセルジュなら、自分を傷つけることはないだろうと安心したようだ。

今ではすっかりセルジュを信用し、全てを委ねてくれる。

（――――それだけはオーギュストに感謝かな）

彼は案外いい仕事をしてくれた。お礼にもう少しあっさり殺してあげてもいいかもしれない。

ずっと彼女に怖がられていることは知っていた。まあ、実際殺人鬼だから仕方ない。

過去を知る彼女は、いつも警戒心の強い猫のようだった。

だから心は手に入らなくとも、体だけでも手に入ればいいかな、とさえ思っていたのだが。

マリオンはセルジュに怯えなくなり、時に甘えるようになり。

ついさきほど、とうとう『愛している』とまで言ってくれた。

嬉しい。嬉しくてたまらない。——そして正直に言って、容易《チョロ》すぎる。

きっとマリオンは愛の力で、セルジュが真っ当になったとでも考えているのだろう。

(人間ってそんな簡単には変わらないのに。お馬鹿さんだなあ)

正直セルジュがこれまで殺してきた人間の数は、前回とあまり変わらなかったりする。

そう、実はセルジュの根底は、今も昔も何ひとつ変わっていないのだ。

けれどもそんな愚かしくも純粋な心を持つ彼女だからこそ、愛しくてたまらない。

(そう、マリオンにバレなければいいんだよ)

セルジュは酷薄な顔で笑う。何をしたって、バレなければいいのだ。

マリオンは何も知らずに、このままセルジュのそばで幸せに暮らしてくれればそれでいい。

「……愛しているよ、マリオン」

子供のような顔で眠る美しい心のマリオンを腕に抱いて、セルジュは幸せを噛み締めた。

あとがき

初めまして、こんにちは。クレインと申します。

この度は拙作『デスゲームの黒幕を愛の力でなんとかする方法』をお手に取っていただき、誠にありがとうございます。

今作はデスゲームに巻き込まれたヒロインが過去にループし、デスゲームの原因を食い止め、その黒幕をなんとか改心させようと奮闘するお話です。

毎回恒例、ソーニャ文庫様のレーベルカラーに甘え、好き放題書かせていただきました。

デスゲームの黒幕をヒーローにしたいです！　と言ってOKをもらえるレーベルを、私は他に知りません……。

いつも申し訳ございません！　そしてありがとうございます！　とっても楽しく書きま

した！

さて、人間それなりに長く生きていると、世の中にはどうしても理解できない思考回路を持った人間がいる、という事実に気付きます。

距離を取れるならばいい。けれどもどうしても関わらなければならないのなら、戦うか受け入れるしかないのです。ですが他人を変えるというのは非常に難しいもので。

ヒロインのマリオンは悲劇を食い止めるため、サイコパスなヒーローセルジュをなんとか人として真っ当な道に留めようと頑張ります。

そんなマリオンの涙ぐましい努力と、倫理観が息をしていないセルジュの少しずれている恋愛模様を楽しんでいただければと思います。

正直ここまでぶっ壊れているヒーローは、初めて書いた気がします。楽しかったです。

今作のイラストをご担当いただきましたイトコ先生。素晴らしく美麗な表紙と挿絵をありがとうございます！　困った顔のマリオンと、目が笑っていない笑顔のセルジュが最高でございました……！

担当編集様。いつもありがとうございます！　今回も大変ご迷惑をおかけいたしました。プロットの時点では自分でもどうなることかと思いましたが、無事に形になりました！

いつも締め切りでヒイヒイ言っている私を、慰め元気付けコーヒーを淹れてくれる夫、ありがとう。私の作品の半分は、夫の優しさでできています。

そして最後にこの作品にお付き合いくださった皆様に、心より感謝申し上げます。

この作品が少しでも皆様の日々の気晴らしになれることを願って。

クレイン

Sonya
ソーニャ文庫

この本を読んでのご意見・ご感想をお待ちしております。

◆ あて先 ◆
〒101-0051
東京都千代田区神田神保町2-4-7 久月神田ビル
㈱イースト・プレス　ソーニャ文庫編集部
クレイン先生／イトコ先生

デスゲームの黒幕《くろまく》を愛《あい》の力《ちから》でなんとかする方法《ほうほう》

2024年12月4日　第1刷発行

著　　者　クレイン
イラスト　イトコ
装　　丁　imagejack.inc
発 行 人　永田和泉
発 行 所　株式会社イースト・プレス
〒101－0051
東京都千代田区神田神保町2－4－7 久月神田ビル
TEL 03－5213－4700　FAX 03－5213－4701
印 刷 所　中央精版印刷株式会社

ISBN 978-4-7816-9778-9
定価はカバーに表示してあります。

Sonya ソーニャ文庫の本

**『英雄殺しの軍人は愛し方が
わからない』**

蒼磨奏
イラスト 笹原亜美

Sonya ソーニャ文庫の本

この求婚、もちろん断ったりしないよね？

ほとんどの貴族令嬢がより良い結婚相手を探すために通う学園で、王宮の女官になるべく励むティファは、身分の高い結婚相手を捕まえろとせっついてくる両親の目を誤魔化すために、公爵家の嫡男・リーファスの取り巻きをしていた。特別良い家柄でもなく地味な自分は、間違っても彼の結婚相手になるはずがない。彼のたくさんの取り巻きに紛れつつ、平和な学園生活を送っていたティファだったが……。ある日突然、リーファスに求婚されて――!?

『取り巻き令嬢は腹黒貴公子の溺愛を望まない』 富樫聖夜

イラスト らんぷみ

Sonya ソーニャ文庫の本

英雄騎士の歪んだ初恋
山野辺りり
illustration
炎かりよ
全て、隅々まで支配したい。汚したい。
以前暴漢から助けてくれた騎士団長リュカに憧れて、自らも騎士団に所属しているレノ。ある日、英雄と名高い彼の隠された本性を目撃してしまう。さらに「ただならぬ関係」を結ぶことを提案され、レノは間違ったことだと抗いつつも、与えられる快感に溺れていき——。
Sonya

『英雄騎士の歪んだ初恋』　山野辺りり

イラスト 炎かりよ

Sonya ソーニャ文庫の本

『一途な貴公子は
死神令嬢を逃がさない』

桜井さくや
イラスト Ciel

Sonya ソーニャ文庫の本

『余命いくばくもないので悪女になって王子様に嫌われたいです』　栢野すばる
イラスト カトー ナオ